AF305910

BACON,

TEL QU'IL EST.

OU

DÉNONCIATION

D'UNE TRADUCTION FRANÇOISE

DES OEUVRES DE CE PHILOSOPHE,

PUBLIÉE A DIJON PAR M. ANT. LA SALLE.

PAR

J. A. DE LUC,

LECTEUR DE SA MAJ. LA REINE DE LA GRANDE BRETAGNE, DES SOCIÉTÉS ROYALES DE LONDRES ET DE DUBLIN, DE LA SOCIÉTÉ DES SCRUTATEURS DE LA NATURE DE BERLIN, DE CELLE DE MINÉRALOGIE A IÉNA ET DE PLUSIEURS AUTRES SOCIÉTÉS DE NATURALISTES; PROFESSEUR DE PHILOSOPHIE ET GÉOLOGIE A GÖTTINGUE.

A BERLIN

A LA LIBRAIRIE DU BUREAU DES ARTS, SOUS LES TILLEULS, No. 34.

SE TROUVE A HAMBOURG

CHEZ P. FR. FAUCHE ET COMP. LIBRAIRES,

ET A PARIS

CHEZ CH. POUGENS, LIBRAIRE.

1800.

BACON,

TEL QU'IL EST.

OU

DÉNONCIATION

D'UNE TRADUCTION FRANÇOISE

DES OEUVRES DE CE PHILOSOPHE,

PUBLIÉE A DIJON PAR M. ANT. LA SALLE.

PAR

J. A. DE LUC,

LECTEUR DE SA MAJ. LA REINE DE LA GRANDE BRETAGNE, DES SOCIÉTÉS ROYALES DE LONDRES ET DE DUBLIN, DE LA SOCIÉTÉ DES SCRUTATEURS DE LA NATURE DE BERLIN, DE CELLE DE MINÉRALOGIE A IÉNA ET DE PLUSIEURS AUTRES SOCIÉTÉS DE NATURALISTES; PROFESSEUR DE PHILOSOPHIE ET GÉOLOGIE A GÖTTINGUE.

A BERLIN

A LA LIBRAIRIE DU BUREAU DES ARTS, SOUS LES TILLEULS, No. 34.

SE TROUVE A HAMBOURG

CHEZ P. FR. FAUCHE ET COMP. LIBRAIRES,

ET A PARIS

CHEZ CH. POUGENS, LIBRAIRE.

1800.

TABLE.

BACON,

TEL QU'IL EST.

INTRODUCTION.

A l'époque de l'*ENCYCLOPÉDIE*, ſes Auteurs, quoique très-éloignés de vouloir ſuivre les traces de BACON, ſe déclarèrent publiquement ſes diſciples, & l'exaltèrent juſqu'aux nues: mais ce ne fut que pour le ſouſtraire aux regards du public en les fixant ſur eux-mêmes, & pour établir des principes diamétralement oppoſés aux ſiens. Il a déjà paru quelques réclamations contre cet artiſice, & j'ai écrit, dans le même deſſein, un ouvrage didactique qui eſt prêt à être publié; mais un autre ſoin doit m'occuper en ce moment.

La ſecte des *Encyclopédiſtes* avoit d'autant plus lieu de s'attendre enfin à ce changement de ſcène, que les conſéquences du ſyſtème de ſes chefs ſe trouvoient réaliſées au de-là peut-être de ce qu'ils avoient ſu prévoir; auſſi le parti qu'elle a pris, ſurpaſſe de beaucoup leur hardieſſe: elle a cru néceſſaire, même avec l'extenſion bien prononcée de ſes vues, de conſerver BACON comme ſon chef apparent; & pour éviter le reproche qu'on avoit fait à ſes modèles, de ſéduire ceux qui ne pouvoient pas recourir aux originaux, elle a réſolu de publier une traduction françoiſe des ouvrages de ce philoſophe, dont il a déjà paru quelques volumes.

La première idée que doit faire naître un tel plan, c'eſt que ceux qui l'ont formé

INTRODUCTION.

A l'époque de l'*ENCYCLOPÉDIE*, ses Auteurs, quoique très-éloignés de vouloir suivre les traces de BACON, se déclarèrent publiquement ses disciples, & l'exaltèrent jusqu'aux nues: mais ce ne fut que pour le soustraire aux regards du public en les fixant sur eux-mêmes, & pour établir des principes diamétralement opposés aux siens. Il a déjà paru quelques réclamations contre cet artifice, & j'ai écrit, dans le même dessein, un ouvrage didactique qui eſt prêt à être publié; mais un autre ſoin doit m'occuper en ce moment.

La ſecte des *Encyclopédiſles* avoit d'autant plus lieu de s'attendre enfin à ce changement de ſcène, que les conſéquences du ſyſtème de ſes chefs ſe trouvoient réaliſées au de-là peut-être de ce qu'ils avoient ſu prévoir; auſſi le parti qu'elle a pris, ſurpaſſe de beaucoup leur hardieſſe: elle a cru néceſſaire, même avec l'extenſion bien prononcée de ſes vues, de conſerver BACON comme ſon chef apparent; & pour éviter le reproche qu'on avoit fait à ſes modèles, de ſéduire ceux qui ne pouvoient pas recourir aux originaux, elle a réſolu de publier une traduction françoiſe des ouvrages de ce philoſophe, dont il a déjà paru quelques volumes.

La première idée que doit faire naître un tel plan, c'eſt que ceux qui l'ont formé n'avoient pas intention de féduire. Comment pourroit-il y avoir de l'artifice à publier les ouvrages mêmes dont on veut réfumer les principes? C'eft ce que diront naturellement ceux qui ne connoiffoient pas encore les ouvrages de Bacon, & c'eft fur quoi l'on a compté. Mais le fondement d'une telle efpérance eft bien trifte, & il m'auroit engagé feul à découvrir le piége qu'on tend ainfi à la partie inattentive du public. Ce plan n'eft point étonnant à l'égard des ouvrages d'un homme, puisque c'eft le même que fuit depuis quelque temps une fecte de Théologiens à l'égard de l'Écriture fainte; & j'efpère, en dévoilant le premier de ces artifices, répandre du jour fur le dernier.

Je me borne à indiquer cette reffemblance, pour tâcher de fixer l'attention de mes lecteurs par la grandeur du fujet: ils

pourront voir dans le cours de ce petit ouvrage, non feulement par analogie, mais directement, que pour foutenir l'*exégéfe* (ou le
fyftème d'interprétation de l'Écriture fainte)
que quelques Théologiens travaillent à propager, il falloit, ou faire oublier Bacon, ou
défigurer fes ouvrages, vrais modèles d'interprétation de nos Livres facrés comme de
la Nature.

PARTIE I.

Artifices généraux employés dans cette traduction françoise des OEUVRES de BACON.

***

Ce philosophe a accompagné ses ouvrages de *préfaces*, dans lesquelles il expose lui-même ses *plans* & ses *vues;* mais comme elles ne renferment pas un mot des *desseins* qu'on vouloit lui prêter, il a fallu les faire précéder d'une autre *préface*, dont voici le premier motif ostensible, donné par le traducteur à la p. LIV. de la sienne. „Chargé (dit-il) par le voeu gé-
„néral, &, en quelque manière, *par le gou-*
„*vernement*, d'*interpréter* les ouvrages de ce
„grand homme pour ceux de nos concitoyens
„*qui n'ont pas le loisir de l'étudier*, nous avons
„dû, en commençant, nous *identifier*, pour
„ainsi dire, avec lui, afin de nous mieux *péné-*
„*trer* de son esprit. „

A 4

Telle est la raison que donne l'Éditeur, des 53 premières pages de sa propre préface, consistant en un *Monologue*, qu'on n'est pas peu surpris de voir suivi de ces mots. » Ainsi *se* » *parloit à lui - même* le CHANCELIER BACON, à » l'époque où, consacrant toutes les forces de » son génie à l'utilité du genre humain, & prenant l'effort le plus hardi, il s'élançoit dans » le vaste champ de la science humaine. « Ceux qui, après avoir lu ce *Monologue*, arriveront à une assertion si formelle, croiront indubitablement avoir entendu BACON lui-même; & cependant la copie ne ressemble pas plus à l'original, que *Polyphème* à *Apollon*.

Le second motif donné de cette *préface* insidieuse, prépare les lecteurs à ne point être surpris, quand ils viendront à celles de BACON, de n'y trouver aucune des *vues* que renferme celle-là.

» Ces *préfaces* (dit l'Éditeur, p. LIV) renfer- » ment à la vérité toutes les propositions né- » cessaires pour le rendre intelligible; mais, » ou elles ne se trouvent pas dans leur *vrai lieu*, » ou il en manque *d'autant & de plus nécessaires*, » qu'il a *fallu tirer* des *différentes parties* de la » *collection*. « Par là, on devra naturellement supposer, que les *vues* annoncées dans le *Mo-*

nologue, fe manifefteront dans le cours de cette *collection*. Je ferai voir bientôt, que c'eft fur la *collection* même qu'eft fondée l'efpérance de féduire; mais dès à préfent, en préfentant ce que dit BACON lui-même dans une *Annonce* mife à la tête de tous fes ouvrages, & lui comparant *immédiatement* (& non à la diftance de 100 pages) ce qu'on lui fait dire au début du prétendu *Monologue;* je ferai apercevoir, malgré l'artifice de l'emploi des mêmes *mots*, une différence de *ton*, fi caractériftique de la différence des *vues* qu'on lui prête, avec les fiennes, que par ce premier trait feul, les lecteurs devront être engagés à fe tenir fur leurs gardes.

Dans fa propre *Annonce*, qui commence à la p. 1. de la Traduction, BACON ne parle pas à *lui-même*, comme dans le *Monologue*, mais *de lui-même*, en s'énonçant à la troifième perfonne.

» Certain que *l'entendement humain* fe fufci
» toit à *lui-même* des *difficultés*, & qu'il ne *favoit*
» *pas ufer* avec affez de *modération* & de *dextérité*
» des *reffources* très-réelles que la *Nature* a mifes
» à la portée de l'homme; que de cette fource
» dérivent *l'ignorance* d'une infinité de chofes,
» & les *maux* fans nombre qu'elle traîne à fa fui

» te; il a *penſé* qu'il falloit faire ſes efforts pour
» *reſtaurer* entièrement, s'il étoit poſſible, ou
» du moins améliorer ce *commerce* que la *ſcience*
» établit entre *l'eſprit* & les *choſes* : commerce
» auquel il n'eſt rien de comparable ſur la terre,
» ou du moins dans les choſes terreſtres. Or
» d'eſpérer qu'en abandonnant *l'eſprit* à lui-
» même, les *erreurs* qui ont déjà pris pied, ou
» qui pourront s'établir dans la ſuite des temps,
» puſſent ſe corriger par la *force* propre de l'en-
» *tendement humain*, ou par les ſecours, les *ad-*
» *minicules* de la Dialectique, un tel eſpoir eût
» été ſans fondement. «

On peut remarquer ici un *ton* très-*calme*,
& conforme au ſujet annoncé. La Nature a
mis à la portée de l'homme beaucoup de *reſ-*
ſources pour établir entre ſon *eſprit* & les
choſes un commerce réel, & il n'a pas ſu en
uſer. De là ſon *ignorance:* mais ſur quoi? ſur
la *Nature.* Quels ſont les *maux* que cette *igno-*
rance entraînoit à *ſa ſuite*, & auxquels BACON
vouloit tâcher d'apporter quelque *remède?* Ce
ſont d'abord des *privations;* puiſque l'homme
ne peut tirer des *choſes* tous les uſages qu'elles
lui offrent, s'il les *connoit* mal. Mais ſurtout,
cette *ignorance* ſur la *Nature* conduiſoit au
Scepticisme à l'égard de ſon *Auteur;* & les fauſſes

idées qu'on s'en formoit, écartoient la *Révélation* divine. Je prie les lecteurs de la *Traduction* des *Oeuvres de* BACON, comme les favans à qui les originaux font connus, d'examiner ce que j'avance ici, pour juger fi j'en impofe fur le *plan* & les *vues* de ce philofophe.

Voyons maintenant le début du *Monologue* fabriqué par l'Interprète. » Que de *maux* je » vois fur la terre! . . . Ces *maux* font-ils fans » *remède?* Non. L'homme eft *malheureux,* » parce qu'il eft *foible;* & il eft *foible,* parce » qu'il ignore les *moyens d'augmenter fes forces;* » en un mot, parce qu'il eft *ignorant.* « Voilà fans doute plufieurs des *mots* employés par BA-CON, mais ici il n'y a plus de calme; on fent quelque chofe de *finiftre* dans ce début, & il eft très-adapté à ce dont on veut frapper d'entrée l'imagination des lecteurs. Conduits à penfer que BACON forme ici lui-même fes *plans* fous leurs yeux, ils ne le verront cependant s'arrêter que fort peu fur ce qui concerne la *Nature,* quoique ce fût vers elle furtout que fe tournoient fes regards; la *Société* y devient bientôt fon objet; ils lui entendront dénoncer les *Autels* & les *Gouvernemens* exiftans, comme les vraies fources des plus grands *maux* du genre humain, & former le projet de les *miner,* afin

que dans la fuite (au *dix-huitième fiècle* peut-
être) il n'y eût plus qu'à les fecouer, pour les
renverfer de fond en comble.   Or c'eſt *uniquement* pour autorifer ce tableau trompeur, que
l'Interprète a fuppofé l'infuffifance des *préfaces*
de Bacon.

Un autre prétexte de cette *préface*, com-
mencera, par fon abfurdité même, à dévoiler
l'artifice.   L'Éditeur dit (p. iv) „Une atten-
„tion néceffaire pour voyager dans un *pays in-*
„*connu*, c'eſt de s'en procurer la *carte*.   Le
„Chancelier Bacon a fu faire des *découvertes;*
„ mais une preuve qu'il n'a pas fu en faire la
„ *carte*, du moins pour le grand nombre, c'eſt
„ la *néceffité* où, après deux fiècles prefque ré-
„ volus, *nous fommes* de le *traduire* & de le *com-*
„ *menter*.   Il *éclaire* affez bien *certaines parties*
„ de la *route;* mais c'étoit *à l'entrée* qu'il falloit
„ *d'abord* placer le *flambeau*. « Je prie le lecteur
d'avoir préfent à l'efprit, que c'eſt le *Traducteur*
même de Bacon qui vient de parler, & que
par conféquent, ce que je vais expofer de la
marche de ce philofophe, ne pouvoit lui être
inconnu. .

Bacon emploie lui-même les métaphores
de *voyage*, de *cartes* & de *flambeaux;* ainfi
voilà encore des *mots* qu'on retient dans cet

expofé. Mais le *voyage* qu'il avoit entrepris étoit dans deux champs corrélatifs bien vaftes, le champ de la *Nature*, & celui des *Sciences naturelles*. Dès l'entrée de fon examen, il ne trouva dans ces dernières que des copies infidèles de la Nature, par-tout du moins où il étoit déjà capable de les comparer avec l'original: & il voyoit nombre de *fyftèmes de la Nature*, quoiqu'on n'eût point encore acquis les connoiffances néceffaires pour en former; ce qui occafionoit même leur multitude, parce qu'ils n'étoient que des produits de l'imagination. Il vit de plus, que c'étoit faute de connoître ce qu'il falloit *chercher*, qu'on ne *trouvoit* pas; & il s'efforça d'apporter quelque *remède* à ce *mal* pour la *poftérité*. Voilà tout ce qu'il avoit à annoncer de diftinct, & ce qu'il annonce en effet dans fes *préfaces;* le refte ne pouvoit confifter, & ne confifte que dans les raifons générales du confeil qu'il donnoit de tout recommencer dans l'étude de la *Nature:* car fon travail même ne confifta qu'à déblayer les routes, & à fournir quelques efquiffes de nouveaux plans.

Dans le cours de fes ouvrages, & toujours après bien des préliminaires, ce philofophe fit des effais de defcriptions de certains objets de la *Nature*, auxquels il donne le nom de *cartes;* mais c'étoit feulement comme *exemples* de la manière de former de telles *cartes*, de les *multiplier* & de les *réunir;* fans prétendre qu'il y eût encore rien de déterminé. Il tâcha auffi (ce font fes propres expreffions) d'allumer des *flambeaux* dans certains points de ces *routes* obfcures dont il montra l'importance; mais il connoiffoit, & déclaroit formellement, que ce n'étoit encore-là qu'une *lumière* très-foible, même incertaine; & il exhortoit ceux qui fe voueroient à l'étude de la *Nature*, à confidérer ces points, & à en chercher de nouveaux du même genre, c'eft-à-dire auxquels vinffent aboutir certains groupes d'effets, pour travailler à y répandre de la *lumière*.

Voilà ce que dit BACON en parlant de *flambeaux* & de *cartes*. Et c'eft fon *Traducteur* même qui lui reproche de n'avoir pas *fu* faire la *carte* de fes *découvertes!* de n'avoir pas placé le *flambeau* à *l'entrée* de la *route!* Ce ne peut être par ignorance, puifqu'il l'a *traduit;* c'eft pour avoir un prétexte de couvrir *l'entrée* de ces *routes* d'une *toile*, & d'y projeter, comme par une *lanterne magique*, tous les objets qu'il vouloit préfenter à fes lecteurs *au nom* de BACON.

Un tel deffein paroît d'abord improbable, vu qu'on annonce la *Traduction* des *Oeuvres* de ce philofophe; mais c'eft précifément fur ce moyen que l'on compte, pour affurer le fuccès de l'illufion. Le commencement de cette manoeuvre eft à la p. 1x. de la Préf. » Il eft (dit » l'éditeur) un préjugé *nuifible*, & *difficile à dé-* » *truire*, qui a long-temps éloigné des ouvrages » de Bacon, les *traducteurs* & les *lecteurs* mê- » mes: on s'eft imaginé qu'ils étoient tous rem- » plis *d'abftractions*, de *penfées* qui peuvent être » *vraies*, mais qui, étant *obfcures* & *de peu d'uti-* » *lité*, ne méritoient pas de fixer l'attention » d'un *lecteur judicieux.* « Je n'ai pas befoin de prouver, que jamais ce *préjugé* n'a pu exifter dans l'efprit d'aucun *lecteur judicieux* qui avoit la moindre connoiffance des ouvrages de Bacon, puisque l'Auteur de la préface dit lui-même à la page fuivante: » Que *tout* le grand » ouvrage de la *Reftauration des fciences*, eft écrit » *ex profeffo* contre *cette manie.* « Penfe-t-il donc qu'il pouvoit feul découvrir ce que tous les ouvrages de Bacon annoncent *ex profeffo?* Il n'a pu le croire; mais c'étoit un prétexte pour donner la *traduction* d'ouvrages & parties d'ouvrages qui jetteront la confufion, même le dégoût, dans l'efprit des lecteurs.

Il donne d'abord tous les titres des chapitres & articles de deux grands ouvrages, dont l'un, le *Sylva Sylvarum*, qui doit occuper trois volumes, n'étoit qu'une rapſodie aux yeux mêmes de BACON, & qui aujourd'hui peut prêter au ridicule; après quoi il dit (p. LXIX). „Il „ n'eſt, je crois, dans ces ſujets ſi variés, rien „ de *très-métaphyſique*, rien qui n'intéreſſe & ne „ doive intéreſſer toutes les *claſſes raiſonnables* „ de la ſociété. Mais ſi, par ce mot de *méta-* „ *phyſique* on entend l'art de former, vérifier, „ ſéparer ou unir les *notions*, pour former, vé- „ rifier, développer ou appliquer des *principes;* „ on trouve en effet *quelques préceptes* en ce „ genre dans le *Novum Organum*, dont ils for- „ ment tout au plus *la dixième partie;* cet ou- „ vrage étant preſque tout *en exemples*, comme „ *tous les autres*, & comme l'exige la méthode „ de BACON. « Le *Traducteur* reconnoît donc, que la majeure partie des ouvrages de ce philoſophe conſiſte en *exemples*, & que les *préceptes* n'en forment que *la dixième partie*. Voilà ſur quoi doit ſe porter ici l'attention des lecteurs; parce que je vais donner de ces ouvrages une idée diſtincte, qu'on pourra comparer avec celle que le *Traducteur*, devenu *Interprète*, en donne par l'enſemble de ſa préface.

Dans

Dans la même *Annonce* de BACON dont j'ai copié l'exorde, il définit ainſi l'état où ſe trouvoient les *ſciences* (Traduction, p. 2). ″ Tout ″ cet appareil ſcientifique dont la raiſon hu- ″ maine fait uſage dans *l'étude de la Nature*, n'eſt ″ qu'un amas de *matériaux* mal *choiſis* & mal ″ *aſſemblés*, & ne forme qu'une ſorte de *monu-* ″ *ment* pompeux & magnifique, mais *ſans fon-* ″ *dement*. « Ainſi les *matériaux* que BACON avoit trouvés dans les *ſciences*, étoient *mal choiſis* & *mal arrangés*, & les édifices qu'on avoit eſſayé d'en former, étoient *ſans fondement*; ce qui préſente en peu de mots, la diviſion principale de tout le travail de ce philoſophe.

Dans le grand ouvrage de la *Dignité & ac-croiſſement des ſciences*, qui occupe les trois premiers volumes de la *Traduction* (les ſeuls qui me ſoient encore connus), BACON examine les *matériaux* qu'il avoit devant lui; c'eſt-à-dire, tout ce qui avoit été raſſemblé juſqu'alors dans l'étude de la *Nature:* il en montre les défauts, tant dans leur *choix* que dans leurs *aſſemblages;* il fait voir la néceſſité d'en recueillir de nou-veaux, & il donne des *préceptes* pour les mieux choiſir. Dans ſon ſecond ouvrage, (le *Novum Organum*) les *préceptes* dont parle le Traducteur, conſiſtent dans des aides à *l'entendement;* d'abord pour bien voir les objets, puis pour en trouver les rapports vrais; afin que les *aſſemblages* qu'il en formera, ſoient *naturels*, & qu'ils repoſent ſur de vrais *fondemens.* Ses autres ouvrages conſiſtent dans quelques eſſais & traités particuliers, ſervant principalement à développer ou étendre quelques-unes des parties de ceux-là.

D'après ce premier coup-d'œil ſur le plan de notre philoſophe, qu'on ſe repréſente ce que pouvoit en accomplir un ſeul homme, quelque degré d'intelligence & d'activité qu'on lui attribue; & je ne crois pas qu'on puiſſe en trouver un ſeul, dans toute l'hiſtoire des ſciences, qui égale à-beaucoup-près BACON à ces deux égards réunis. Il falloit d'abord des *matériaux:* il avoit devant lui tous ceux que *les ſiècles* avoient accumulés juſqu'à ſon temps; il les trouvoit ſi défectueux, qu'il falloit recommencer la récolte; mais dans quel temps pouvoiton les obtenir? On verra dans la ſuite, que ſuivant ſon propre jugement, il falloit *pluſieurs ſiècles:* comment donc auroit-il pu les raſſembler lui-même? Tout ce qu'on pouvoit attendre du plus haut degré de talent & d'intelligence, c'eſt ce qu'il a fait: il a montré pourquoi, ayant la *Nature* devant les yeux, on en avoit fait des *copies* fi *variées* & toutes *infidèles;* ce qui avoit engendré le *Scepticisme:* & il a fait voir comment on devoit procéder, en recommençant le travail, pour que les nouveaux traits qu'on formeroit d'après ce modèle, les nouveaux *matériaux* pour l'*édifice* de la fcience humaine, fuffent réels & bien déterminés. Tel eft le premier fervice qu'il a rendu aux *fciences;* il en a tracé les *routes;* & tant qu'il reftera des hommes qui ayent à coeur de connoître la vérité à l'égard de la *Nature*, il ne pourra jamais ceffer d'être leur guide.

Cependant il n'étoit pas fuffifant de raffembler de bons *matériaux*, il falloit apprendre à les mettre en oeuvre. Or dans le *monument pompeux & magnifique* des *fciences humaines* qu'il avoit devant lui, les vices n'étoient pas feulement dans les *matériaux*, ils étoient auffi effentiellement dans leur *affemblage;* parce que l'*entendement*, rempli de *préjugés*, avoit mal vu les objets, les avoit liés enfemble par de faux rapports, & n'avoit point été en état d'ufer de toutes fes forces pour en former des groupes naturels. Néanmoins, d'après l'étude de ces ouvrages défectueux, BACON fut déduire ce que l'*entendement* devoit éviter, & l'ufage qu'il pouvoit faire de fes pouvoirs pour pénétrer fort avant dans la connoiffance de la *Nature*. Mais comment lui auroit-il été poffible de faire comprendre fes règles à cet égard, fans en donner des *exemples?* Et quels *matériaux* pouvoit-il y employer, que ceux qu'il trouvoit raffemblés? Il en tira donc-tout ce qu'il n'avoit pas des raifons abfolues de rejeter; il tria & claffa le refte, quoique plus ou moins fufpect; & il pofa quelques commencemens de bafe à l'édifice, par *l'expérience* dont il fut l'inftituteur: après quoi, employant ces *matériaux*, il éleva quelques parties de l'édifice, uniquement pour *modèle* de la maniére dont on devroit commencer de le conftruire, quand on auroit obtenu de vrais *matériaux;* & il ne fauroit être encore trop célébré, pour cette partie du fervice qu'il a rendu aux *fciences naturelles.*

Qu'on fe repréfente maintenant, aujourd'hui, veux-je dire, que, par les directions mêmes de ce grand homme, non feulement nous avons acquis une immenfe quantité de *matériaux* qui lui étoient inconnus, mais découvert de grands défauts dans ceux qu'il n'avoit pu fufpecter encore; qu'on fe repréfente, dis-je, ce que peut être le but d'une *traduction* françoife de tous fes ouvrages, dont les origi-

naux fuffifent aux favans; on les traduit (dit-
on) pour ceux qui *n'ont pas le loifir d'étudier;*
& on leur offre cette maffe d'*exemples* défectueux, parmi lesquels ils ne fauroient débrouil-
ler cette précieufe *dixième partie* confiftant en
préceptes, puifque pour en fentir l'importance,
il faut être dejà très-inftruit.   Il en réfultera
donc néceffairement, que le moindre écolier,
apercevant des erreurs, des vides de connoiffances, dans cette maffe confufe pour lui, fe
croira bien au-deffus de l'homme qu'on lui a
montré fi élevé, & fe jugera fort grand lui-
même; il fe dégoûtera donc de la lecture de
tant de volumes, & il s'en rapportera au *précis*
que, dès l'entrée, l'Interprète lui a donné des
plans & des vues de BACON.

La feule entreprife raifonnable, la feule
jufte, dirai-je, envers ce grand homme, pour
le faire connoître à ceux *qui n'ont pas le loifir de
l'étudier*, c'étoit d'extraire de fes ouvrages
toute la partie qui confifte en *préceptes;* de
fubftituer aux *matériaux* qu'il avoit été obligé
d'employer pour *exemples* de leurs applications,
ceux qui ont été recueillis dès lors dans les
routes mêmes qu'il avoit ouvertes; & de commencer avec ceux-ci, d'après fes règles, l'édifice qu'il avoit fi bien *défini.*   C'eft ce que j'ai

tenté de faire dans l'ouvrage dont j'ai parlé ci-deffus; il ne produira guère plus d'*un* volume tel que ceux dont le traducteur en annonce *quatorze.* Par ce feul volume, on connoîtra très-bien, j'espère, BACON lui-même & l'utilité que nous avons tirée de fon immenfe travail; au lieu que par le grand ouvrage on méconnoît entièrement l'un & l'autre: cependant, le Traducteur & moi, nous aurons également rempli notre but; ce qu'on verra fucceffivement ici quant au fien.

La publication d'un ouvrage fi volumineux, & tel que je viens de le définir, ne pouvoit être l'entreprife d'un individu, d'après les vues ordinaires de profit, de réputation, ou d'utilité publique. Les favans, qui peuvent lire les ouvrages de BACON dans les originaux, n'avoient pas befoin de cette traduction; & les lecteurs ordinaires ne fauroient y trouver ni du plaifir, ni de l'utilité proportionnément à la dépenfe. L'Editeur dit bien (p. LXXVII de fa préface): ” que les ouvrages de BACON for- ” ment un vafte *répertoire* de *connoiffances de* ” *tout genre* «; mais on ne peut le croire affez ignorant pour en juger ainfi. Ce n'eft pas de *connoiffances* que ces ouvrages renferment un *répertoire*, & BACON lui-même étoit bien loin de le penfer; ils renferment l'*indice* des *moyens* offerts à la fucceffion des hommes pour en acquérir, mais *avec beaucoup de travail;* & ces *indices*, comme je l'ai dit, publiés avec toute leur enveloppe, n'étant point même à la portée de ceux qui ont befoin d'inftruction, pafferont fous leurs yeux fans qu'ils les aperçoivent; & il leur feroit impoffible d'éviter l'ennui, la confufion des idées, & même l'erreur.

Ainfi la traduction & publication de tels ouvrages n'auroit dû naturellement préfenter à un individu homme-de-lettres, qu'une entreprife ruineufe autant qu'ennuyeufe. Mais l'Editeur lève toutes ces difficultés dans fa préface; en finiffant, il nous informe, que le gouvernement précédent de France, le département de Dijon, les fonctionnaires publics de *Sémur*, & nombre de particuliers qu'il nomme, de France & d'Italie, lui ont envoyé des gratifications, accompagnées d'encouragemens & d'éloges. Tel eft le moyen employé, & quant au but, voici ce qu'il venoit d'en dire.

» Rien ne feroit plus propre que les écrits » de ce philofophe, à *meubler richement* la *tête* » d'un *jeune homme* dont l'efprit a quelque éten- » due. *Mais* il faudroit *faire un choix*, & fépa-

» rer de cette *maſſe* d'idées *impoſantes* mais
» *haſardées*, les *erreurs*, les *préjugés* même;
» car il eut néceſſairement *quelques-uns* de ceux
» de ſon *ſiècle* & de ſon *pays*. Il ſeroit donc à
» ſouhaiter qu'avec *ces précautions*, dans *chaque*
» *ville* de la grandeur de celle-ci (*Semur*), un
» homme *inſtruit & judicieux* ſe chargeât de *lire*
» *publiquement* à la jeuneſſe les écrits de BACON,
» & formât pour cet effet un eſpèce de *cours*:
» au lieu de la laiſſer s'appeſantir ſur cette
» foule de livres, que leur *trivialité* même a ren-
» dus *claſſiques*, & où l'on ne trouve rien à *re-*
» *prendre*, parce qu'on n'y trouve rien à *louer*. «
Il étoit néceſſaire d'annoncer ce but dès à
préſent, afin que les lecteurs puſſent y réfléchir, quand ils verront de quoi l'on veut *meu-*
bler la tête des *jeunes gens* au nom de BACON;
& j'en annoncerai d'abord l'un des deux
grands objets, pour dévoiler un autre artifice
de l'Editeur.

Entre ces choſes (comme on le verra)
qu'on veut enſeigner au nom de BACON, c'eſt
qu'il avoit déjà en vue de *renverſer* les *Autels;*
en ſéparant pour cet effet du *Chriſtianisme*, ce
qu'on fait traiter par ce philoſophe de pure
Mythologie, utile ſeulement aux *prêtres*, & ré-
duiſant ainſi la *Religion* à une ſimple *morale*

philofophique. Or fur ce point, quelle que foit l'adreffe de l'Editeur, il n'auroit jamais pu produire la moindre illufion, s'il eût traduit *tous* les ouvrages de ce grand homme. Auffi, quoiqu'à la p. LVIII de fa préface, il en annonce la *collection complète,* quand on lit à la page fuivante, les titres des ouvrages qui feront traduits, on trouve qu'il en manque plufieurs; entr'autres fes *Méditations facrées,* fes *Confidérations* fur les *controverfes d'Angleterre,* fur l'*Eglife anglicane,* & fur la *Guerre facrée;* furtout, on n'y trouve point fa *Confeffion de foi,* pièce très-méthodique & *très-détaillée.* On verra dans la fuite le motif de ces fuppreffions.

Après cet expofé des *artifices* généraux de l'Editeur, qui découvre comment ceux de fes *concitoyens* pour lesquels *principalement* il dit avoir traduit BACON, favoir *ceux qui n'ont pas le loifir de l'étudier,* feront jetés dans un *labyrinthe* dont ils ne pourront fe tirer qu'avec le *fil* qu'il leur fournit lui-même pour les conduire dans des précipices; je paffe aux objets qu'il défigure monftrueufement. Pour plus de clarté, je les diviferai fous trois chefs; la *Philofophie,* la *Théologie,* & la *Politique.*

<hr>

PARTIE II.

Comparaison des idées prêtées à BACON par son INTERPRÈTE, avec ses idées réelles, quant à la PHILOSOPHIE.

———

Je ne m'arrêterai sur cet objet qu'à ce qu'il y a de plus essentiel, parce que les comparaisons de cette espèce entraînant nécessairement à des discussions en apparence minutieuses, ceux qui n'ont pas une connoissance bien étendue des controverses philosophiques, ne concevroient qu'à peine comment, par le changement seul, ou l'addition de quelques *mots*, une *marche* philosophique, un *système*, peuvent subir des changemens du blanc au noir. Je dirai même que cette *partie* pourra paroître d'abord très-aride à ceux qui n'ont encore aucune connoissance du sujet; cependant je tâcherai de la traiter de manière à leur en donner une première idée (qui sera développée dans l'ouvrage annoncé ci-dessus) & à rendre du moins sensibles les défigurations qu'on peut produire, par quelques *mots* seulement, dans le *plan* d'un auteur & dans ses *vues*.

Cette Partie eſt eſſentielle comme achemine-
ment aux ſuivantes, qui ſeront très-intelligi-
bles, & deviendront intéreſſantes pour tout
lecteur.

Quant à la *marche* que Bacon a ſuivie,
l'Interprète la pervertit dès la première page
de ſa préface, où il introduit ce philoſophe
comme *ſe diſant à lui-même:* „L'*Univers* eſt un
„*vaſte attelier,* tout rempli d'*inſtrumens,* qui
„n'attendent pour ainſi dire qu'*un coup d'œil du*
„*génie,* qu'*un peu* d'attention & de méthode,
„pour *venir ſe placer dans la main.* „ Voilà qui
annonce aux lecteurs (avec beaucoup de pré-
ſomption à la part de Bacon) que par un *coup*
d'œil de ſon *génie,* il va *placer dans leurs mains*
les *inſtrumens* qu'offre ce *vaſte attelier,* pourvu
qu'ils y apportent *un peu d'attention & de mé-*
thode; mais je vais les détromper par Bacon
lui-même, en employant la *traduction* de ſon
Interprète (quoiqu'il n'y ſoit pas toujours fidèle,
comme on aura lieu de le voir). Je commen-
cerai pour cet effet, par un paſſage du Tome I. p. 56.

„*Ce travail-là,* cette eſpèce de *pérambula-*
„*tion* dans *l'Univers,* il n'eſt *aucune force du*
„*génie,* aucune *méthode d'argumentation,* qui

» puisse suffire, & tenir lieu des *faits;* non pas
» même quand *les esprits de tous les hommes,* par-
» faitement d'accord entr'eux, concourroient
» à un tel dessein. Il faut donc se procurer une
» telle *histoire,* ou renoncer tout-à-fait à l'en-
» treprise: mais jusqu'à ce jour les hommes se
» sont, à cet égard, conduits de telle manière,
» qu'il n'est nullement étonnant que la *Nature*
» ne se soit pas laissé *approcher.* « Ce dont
Bacon dit ici qu'aucune *force de génie* ne peut
y suffire, savoir la formation d'une vraie
Histoire naturelle, n'est que le premier pas pour
approcher la *Nature;* il en reste deux autres, la
Physique & la *Métaphysique,* dans lesquelles il
n'exige pas *un peu,* mais *beaucoup* de méthode
& d'attention. Tout son travail, dans le
grand ouvrage qui occupe les trois premiers
volumes de la traduction, ne sert qu'à tracer
cette *marche* de recherches; & il le termine
par deux objets, dont voici le premier (Tome III. p. 495). » Au reste, je me suis rap-
» pelé cette réponse de *Thémistocle,* qui, en-
» tendant le député d'une très - petite ville,
» pérorer magnifiquement, lui lança ce trait:
» *Mon ami, à tous ces beaux discours il manque*
» *une cité.* Certes, on pourroit m'objecter de
» même, qu'à mes paroles il manque un *siècle*

„ *un siècle* peut-être tout entier *pour ébaucher*,
„ & beaucoup de *siècles* pour achever. „ Le contraste entre ce que dit ici BACON de son entreprise, & ce qu'on lui en fait dire dès l'entrée du prétendu *Monologue*, est trop frappant pour que je m'y arrête; ainsi je viens d'abord à l'autre partie de cette conclusion de l'ouvrage, qui exigera plus de détails, & mérite en même temps toute l'attention du lecteur.

Voici comment se termine, dans la *Traduction*, l'ouvrage de la *Dignité & accroissement des sciences;* c'est la fin du Tome III. „Cepen-
„ dant, comme on a *obligation* des meilleures
„ choses à ceux qui ont eu le *mérite* de les com-
„ mencer, que ce soit assez pour nous d'avoir
„ en le courage de frayer la route, & de se-
„ mer pour la *postérité.* „ A la place de cette jactance, qui n'est point dans le caractère de BACON, on trouve ceci, pour conclusion de l'original. „ Or comme on le doit en
„ toute entreprise importante, & n'ayant eu
„ en vue que de servir la *postérité*, & de ren-
„ dre hommage à DIEU *immortel*, je lève vers
„ LUI mes mains suppliantes, & le conjure,
„ *par son* FILS *notre Sauveur*, de daigner re-
„ cevoir mes travaux comme des *victimes* que
„ mon entendement lui offre: la *Religion* est

» le fel que j'y ai répandu, & je les immole à
» fa gloire. «

Ici fans doute, BACON a paru à fon *Interprète*, aller beaucoup trop loin quant à la *fimu-
lation* qu'il fuppofe dans fon plan, & il s'eft cru
autorifé de retrancher cette prière, d'après une
note qu'il avoit mife dans une occafion femblable.   Ce n'eft pas feulement en finiffant cet
ouvrage, c'eft en le commençant, que BACON
manifefte fes fentimens religieux en vrai chrétien; on trouve deux *Prières*, en différentes ·
occafions & fous différentes formes, dans fes
préfaces, & à la première (Tome I. p. 36. de la
traduction) l'Editeur met en note: » Ce n'eft
» pas *fans quelque répugnance* que nous tradui-
» fons cet *Oremus*, mais le public a demandé
» BACON *tel qu'il eft*. «   Voilà ce qui m'a infpiré
tant cet ouvrage que fon titre.   Il y a donc un
public qui demandoit, & avec raifon, qu'on
lui fit connoître ce philofophe *tel qu'il eft;* on
le lui préfente néanmoins de toute manière
tel qu'il n'eft pas; & c'eft-là un premier trait par
lequel on pourra juger du but de l'Éditeur.

Quant à la *Philofophie* même, voici une première défiguration bien frappante. *L'Interprète* fait dire à BACON, dès fon début fur cet
objet, dans le *Monologue* qu'il lui prête: »Les

» *forces* de la *Nature* font *éternelles;* elles font
» par-tout; elles font toujours là; mais ce qui
» n'eft pas toujours là, c'eft un *génie* actif &
» méthodique, qui fache obferver leur *action* &
» *l'imiter.* « Ceci, au temps où nous fommes,
fera à l'uniffon dans bien des efprits: le Maté-
rialifme, le Fatalifme, l'Athéisme même dont
c'eft le principe commun, paroîtront ainfi
avoir Bacon pour apologifte. Dans le labyrinthe où l'on jette les lecteurs, qu'on obfcur-
cit même fouvent par la *Traduction* & par des
Notes, ils ne trouveront aucun fil; & on leur
fouftrait la *Confeffion de foi* de Bacon, où ils auroient trouvé les articles fuivans:

Art. 1. » Je *crois* que Dieu feul eft *éternel.*
» La *Nature*, la *matière*, les *efprits*, les *effences*,
» tout a *commencé* excepté Dieu: & ce Dieu *uni-*
» *que*, toujours le même, qui, de *toute éternité*,
» eft infiniment puiffant, feul fage, feul bon
» dans fa nature, eft auffi de toute éternité
» Père, Fils & St Efprit. «

Art. 6. » *Je crois* qu'au fortir des mains de
» Dieu, toutes fes *créatures* étoient *bonnes:*
» que Dieu eft étranger à tout *mal*, à tout *dés-*
» *ordre*, dont *l'origine* eft dans la *liberté* de la
» *créature;* mais qu'il s'étoit réfervé à lui-même

« le commencement de tout *rétablissement* dans
» le premier état . . . . «

Art. 10. » *Je crois* . . . . que Dieu a *créé* les
» cieux & la terre; qu'il y a établi des *lois* con-
» stantes, & que ce que nous nommons *la Na-*
» *ture*, n'est autre chose que *ces mêmes lois*. «

Si BACON eût prévu qu'il viendroit un temps
où quelqu'un oseroit lui faire dire, » que les
» *forces* de la *Nature* sont *éternelles*, « qu'auroit-
il pu dire de plus précis pour le contredire à
l'avance? Ou plutôt, comment pourroit-on
s'y prendre, pour prévenir d'être *mal interprété*
par des *Interprètes* tels que celui-là?

J'ai dit, que dans les parties mêmes qu'il
traduit, cet Interprète augmente souvent l'ob-
scurité du labyrinthe par la *Traduction* & par des
Notes: j'en donnerai plusieurs exemples, & en
voici d'abord un dans les deux genres, sur le
même sujet dont il s'agit ici. Dès la page 174
du Tome I de la traduction, BACON entre dans
un long commentaire sur la *Création* & sur les
premiers temps du monde; & à la p. 176, le
Traducteur met en note: » Pour prendre quel-
» que intérêt à ces *rêves* sur le ciel & les habi-
» tans, il faut fixer son attention sur deux ob-
» jets « (le premier est indifférent ici.) 2. Sur
» la *dextérité* avec laquelle BACON, placé entre
» des

» des *Théologiens scolastiques* & un *Roi bigot,*
» c'est-à-dire entre un *sot* & des *fripons, pétrit*
» le *dogme* & le *moule,* pour ainsi dire, sur son
» sujet. Ce n'est qu'en cédant *quelque peu* aux
» *préjugés* reçus, qu'on peut insinuer *les vérités*
» qui doivent *les détruire.* Pour *détromper* les
» hommes, il faut gagner leur confiance, & on
» ne la gagne qu'en paroissant d'abord *penser*
» *comme eux.* «

Cette dernière remarque peint la manière
dont commença la déception il y a cinquante
ans, pour couvrir les systèmes qu'on vouloit
introduire; on usoit, veux-je dire, de ména-
gemens: mais ce temps est passé, on ne croit
plus avoir besoin d'autant de finesse. L'Interprète n'a pu soustraire aux lecteurs du grand
ouvrage de la *Dignité & accroissement des sciences,*
son long exorde adressé à ce *Roi* prétendu *sot,*
& publié en présence d'une Nation qui n'étoit
pas *sotte;* exorde qui est tel, par nombre de
détails sur son projet qui le conduisent à parler
des talens & des lumières du *Roi,* avec des spé-
cifications très-déterminées, que bien loin de
montrer chez Bacon aucune *dextérité,* il feroit
de lui, si tout cela étoit faux, le plus *imbécille*
de tous les *flatteurs.* L'Interprète s'est mis
plus à son aise à l'égard des *Prêtres,* en n'an-

nonçant pas dans fa collection, les traités
de BACON fur les *Controverfes de l'Angleterre*
& fur *l'Eglife anglicane;* ouvrages dans lesquels
on auroit vu que ce philofophe, auffi franc
que modéré, quoique ayant un vrai refpect
pour le corps des *Eccléfiaftiques*, comme étant
les miniftres de la *Parole* de *Dieu*, ne craignoit
pas de cenfurer ceux qui, ne fe refpectant pas
eux-mêmes, fe laiffoient aller à des controverfes indécentes, ou fongoient plus à leurs
intérêts temporels qu'à bien remplir leurs
fonctions. Mais heureufement que l'effet de
cette réticence a été prévenu par la publication faite à Paris d'un ouvrage, dans lequel
toutes les pièces qui ne paroiffent pas devoir
être dans cette collection, fe trouvent inférées
avec bien d'autres traits auffi frappans; ce recueil a pour titre: *Le Chriftianisme de François
BACON, chancelier d'Angleterre; ou penfées &
fentimens de ce grand homme fur la religion.*

Quant au *texte* auquel appartient cette *note*,
& dans lequel, comme je l'ai dit, BACON parle
de la *Création*, le Traducteur rend ainfi, à la
page 175, une de fes penfées. »Cela pofé,
» nous ne voyons rien dans l'hiftoire de la
» création qui nous empêche de penfer, que
» la maffe du ciel & de terre fut *d'abord* con-

» fuse, & que la *matière* fut *créée* en un feul
» inftant. «

A la lecture de ce paffage de la *Traduction;*
après avoir vu dire à Bacon dans le *Monologue,*
qu'il *feindroit* d'avoir la *foi* en nos Livres facrés;
& trouvant ici dans la *note,* un éloge de fa
dextérité dans la partie qui renferme ce paffage,
on ne doutera pas qu'il n'en foit un exemple;
car le *dogme* y eft *pétri* de manière à n'avoir aucun fens, excepté comme laiffant entrevoir,
qu'il exiftoit *d'abord* dans la Nature une *maffe
confufe* d'élémens dont fe font formés les cieux
& la terre; idée après laquelle ces mots, *que
la matière fut créce en un inftant,* ne fignifient
rien.   Mais voici le texte original, qui n'eft
fufceptible que d'un feul fens.   *Hoc pofito, no-
tandum eft, nihil, in creationis hiftoria, obftare,
quin fuerit, confufa illa coeli terraeque maffa &
materia, unico temporis momento creata.* » Cela
» pofé, il faut remarquer; que rien, dans
» l'hiftoire de la création, ne s'oppofe, à ce
» que la *maffe confufe,* la *matière* du ciel & de
» terre, ne fût créée en un inftant. «

Cet objet de l'*origine des chofes,* forme tellement le point diftinctif entre les *Sceptiques*
ou *Athées,* & les *Théiftes,* que l'*Interprète de*

BACON s'eſt principalement attaché à l'obſcur-
cir; en voici un autre exemple.

Dans la traduction, Tome II. p. 35, on
trouve ce paſſage. „Nous diviſons la *Phyſique*
„ en trois ſciences différentes; car la *Nature* eſt,
„ ou réunie en un ſeul corps, ou éparſe ou
„ morcelée. Or ſi la *Nature* ſe réunit en un
„ ſeul corps, c'eſt, ou parce que les diverſes
„ *choſes* ont des *principes* communs; ou parce
„ que la totalité de l'Univers ne forme qu'un
„ ſeul ſyſtème parfaitement un. Ainſi cette
„ *unité* de la *Nature* produit deux parties de la
„ *Phyſique*, l'une qui a pour objet les *principes*
„ des *choſes*, & l'autre l'*enſemble* de l'Univers,
„ ou le ſyſtème du monde. «

Diverſes inexactitudes qui ſe trouvent dans
cette traduction, n'annoncent point un eſprit
philoſophique accoutumé à ſentir, qu'en chan-
geant la tournure de l'expreſſion, on peut
produire de grands changemens dans les idées;
ce qui arrive fort ſouvent au Traducteur; j'en
donnerai quelquefois des exemples en paren-
thèſe; mais ici je ne m'arrêterai qu'au mot
principes, qui produit un immenſe changement
dans les idées de notre philoſophe. Le mot
original eſt *principia*, & le traducteur a bien
ſenti, que le rendre par *principes*, étoit une

verfion vicieufe; ce qui lui a fait mettre en note: » Ce mot *principe* fignifie *élément:* car, » là où nous employons celui de *principe*, pour » défigner des propofitions générales, incon- » teftables ou bien prouvées, il emploie celui » d'*axiome.* « Cette dernière remarque eft jufte; mais la fubftitution d'*élémens* à *principes* ne fait que changer l'erreur. Quand Bacon veut par- ler des *élémens*, il emploie le mot *elementa;* mais ici il a en vue le fens direct du mot latin, *commencemens, origines;* ce qui conftitue l'ob- jet de recherche d'une des parties de la *Phyfi- que;* je vais en donner une preuve directe.

Dans le *Monologue* fuppofé de Bacon, l'In- terprète lui fait dire (préf. p. xxix): » J'ana- » lyferai avec foin les opinions & raifonnemens » de ceux des philofophes anciens & modernes, » tels que . . . . . fur les *principes* des *chofes* & » fur le *fyftème* du monde. « Or le titre du traité dans lequel il exécute ce deffein, an- noncé par le Traducteur lui - même, comme devant faire partie du Tome XI, eft celui - ci: *De principiis atque originibus fecundum* &c., & cet ouvrage ne traite que des *commencemens* des *chofes* fuivant les philofophes nommés. C'eft avec ces petits artifices, joints à la fous- traction de la *Confeffion de foi* de Bacon, que l'on foutient l'idée donnée d'abord de ce philofophe, qu'il regarde comme *éternelles* les *forces* de la *Nature*. Je viens à un autre paffage dans lequel, par l'addition d'un feul *mot*, on renverfe tout le plan de fon travail; ce qui tient encore à la recherche des *origines*.

Les *Encyclopédiftes* avoient déjà ofé affirmer, que, dans fa *philofophie*, BACON n'avoit point en vue de remonter aux *origines* des *chofes*, ou directement aux *caufes générales*, qui font la route pour arriver aux *origines*. Cette première défiguration fut plus couverte, mais elle n'a pas moins produit fon effet. D'ALEMBERT avoit dit, dans fon éloge de ce philofophe : ʺ Ennemi des *fyftèmes*, il n'envi-
ʺ fage. la *Philofophie* que comme cette partie
ʺ de nos connoiffances qui doit contribuer à
ʺ nous rendre meilleurs & plus heureux; il
ʺ femble la borner *à la fcience des chofes utiles*,
ʺ & recommande par-tout l'étude de la *Na-*
ʺ *ture*. — Il invite les favans à étudier les *arts*,
ʺ qu'il regarde comme la partie la plus *relevée*
ʺ & la plus *effentielle* de la *fcience humaine*. — Il
ʺ avoue . . . . que l'*efprit* doit facrifier l'étude
ʺ des *Etres généraux*, à celle des *objets parti-*
ʺ *culiers*. ʺ

Tout cela étoit, *littéralement*, oppofé à cent paffages de Bacon; comme je le fais voir dans mon ouvrage, & comme on l'a déjà montré dans une des réclamations dont j'ai parlé ci-deffus; mais bien peu de gens étoient tentés de recourir aux originaux. Or, depuis cette fameufe époque, les *études de la Nature,* fuivies (a-t-on cru) *d'après les principes de* Bacon, ont pris un cours totalement contraire au plan fur lequel il avoit travaillé, & pour lequel feul il avoit écrit. La plupart de ceux qui fe font occupés de ces *études*, les ont bornées aux *objets particuliers;* penfant que ce philofophe avoit regardé comme impoffible de remonter, par l'*obfervation* & l'*expérience*, aux *caufes générales* qui agiffent dans l'Univers. C'eft ainfi que des fpéculateurs, délivrés de l'affujettiffement aux *faits*, & libres de *fpéculer* dans leur entendement feul, ont produit cette *Philofophie* de nos jours qui étoit l'objet des *Encyclopédiftes;* c'eft à dire, le *Scepticisme* tout au plus. Or un feul *mot*, ajouté par le Traducteur dans le texte de Bacon, perpétueroit ce renverfement de fon fyftème.

Ce changement eft encore dans une des *divifions* que ce philofophe établit en définiffant les *Sciences;* celle de la *fcience fpécula-*

tive de la Nature, à l'égard de laquelle le Tra-ducteur fait dire à Bacon (Tome II, p. 27): » Cette partie de la Philofophie naturelle, qui » eft *toute* fpéculative, *toute* théorique, nous » croyons devoir la divifer en Phyfique fpéciale » & Métaphyfique. » Voici le paffage original. *Naturalis philofophiae partem quae fpeculativa eft & theorica, in phyficam fpecialem & metaphyficam dividere placet.* » Cette partie de la Philofo-» phie naturelle *qui eft* fpéculative & théorique, » nous croyons devoir la divifer en Phyfique » fpéciale & Métaphyfique. « Ceci eft le plan de Bacon, & l'addition du mot *toute* le trans-forme dans la défiguration des *Encyclopédifles;* car qui voudra, tandis que les *objets particuliers* offrent aujourd'hui un vafte champ de recher-ches, s'élever à la *Phyfique fpéciale* & à la *Méta-phyfique,* tandis qu'elles font déclarées *purement* fpéculatives!

Comment le Traducteur pouvoit-il prêter à Bacon une telle idée, après avoir traduit lui-même les *préfaces,* qui font principale-ment deftinées à l'écarter? Je vais en copier quelques paffages. (*Trad.* p. 3.) » Tandis qu'on » admire & qu'on vante les *forces imaginaires* » de l'*efprit humain,* on néglige, on perd les » *forces réelles,* du moins celles qu'il pourroit

» avoir, fi on lui procuroit des fecours conve-
» nables, & qu'il fût lui-même fe rendre do-
» cile & obéiffant *aux chofes*, au lieu de leur
» *infulter*, comme il le fait dans fon audacieufe
» foibleffe. — (p. 9) . . . Afin qu'après tant
» de fiècles, la *Philofophie* . . . ceffant de po-
» fer fur *le vide*, & d'être, pour ainfi dire, aë-
» rienne, repofe enfin fur les folides fonde-
» mens d'une *expérience* bien conftatée & fuffi-
» famment variée. — (p. 29). La feule mé-
» thode qui nous ait frayé le chemin, n'eft
» autre chofe que ce foin même que nous
» avons, d'humilier . . . l'efprit humain; car
» tous ceux qui, avant nous, fe font appliqués
» à l'*invention* des arts, contens de jeter un
» coup d'oeil fur les *chofes* . . . comme fi l'*in-*
» *vention* n'étoit qu'une certaine manière d'*ima-*
» *giner*, fe font hâtés d'invoquer, en quelque
» manière, leur *efprit*, afin qu'il leur rendît
» des oracles. — (p. 36) Nous fouhaitons
» enfin que les hommes ne cherchent point
» des *fciences orgueilleufes* dans les *caffetins* de
» l'*efprit humain*, dans le *petit monde* de l'homme,
» mais qu'ils les cherchent modeftement dans le
» *monde majeur.* «

BACON a donné lui-même l'exemple de
l'application de fes préceptes. Ainfi dès l'ex-

poſition de ſes principes pour la formation d'une vraie *Hiſtoire naturelle & expérimentale*, il a en vue la *Métaphyſique;* puis par celle-ci, la recherche des *origines;* & c'eſt par la réunion de la dernière avec la *Theologie ſacrée*, que doit ſe former enfin, ce qu'il nomme la *Philo-ſophie première:* point auquel, ſi les hommes ont pénétré avec ſûreté aſſez avant dans la *connoiſſance de la Nature*, leurs *lumières acquiſes* devront s'accorder avec celles qu'ils ont reçues de la *Révélation.* Tel eſt le vrai plan qu'il ex-poſe; plan dans lequel, du premier jusqu'au dernier pas, tout doit être lié par les *faits:* je n'en donnerai pour preuve que ſa *concluſion*, (Traduction, tome II, p. 86 &c.).

   » Le meilleur moyen pour arriver à ce but,
» c'eſt de lier enſemble les *axiomes* des ſcien-
» ces, pour les *convertir* en *axiomes* plus *géné-*
» raux, & qui s'appliquent à *tous* les *ſujets in-*
» dividuels. Car les *Sciences* ſont comme autant
» de *pyramides*, dont l'*Hiſtoire* & l'*Expérience*
» ſont l'*unique baſe.* Par conſéquent, la *baſe*
» de la *Philoſophie naturelle*, eſt l'*Hiſtoire natu-*
» relle: l'étage le plus voiſin de la *baſe*, eſt la
» Phyſique; & le plus voiſin du *ſommet*, eſt la
» Métaphyſique. Quant au *ſommet* du cône, au
» point le plus élevé; je veux dire, *l'oeuvre*

» *que Dieu opère depuis le commencement jufqu'à*
» *la fin*, en un mot, *la loi fommaire de la Na-*
» *ture*, je ne fais (& je n'ai que trop raifon
» d'en douter) fi l'intelligence humaine peut
» y atteindre. Au refte, ce font là trois vrais
» *étages* des fciences: pour les hommes enflés
» de leur propre favoir, & qui ont l'audace de
» combattre contre Dieu, ils font comme ces
» trois montagnes qu'entaffèrent les géans ;

   „ *Par trois fois, mais en vain, leur orgueil entaffa,*
   „ *Offa fur Pélion, l'Olympe fur Offa.*

» Mais pour ceux qui, s'anéantiffant eux-mê-
» mes, rapportent tout à la gloire de Dieu,
» c'eft quelque chofe de femblable à cette
» triple exclamation: *fancte! fancte! fancte!*
» Dieu eft *faint* en effet, dans la *multitude* de
» fes oeuvres; *faint*, dans l'*ordre* qu'il y a mis ;
» *faint* dans leur *harmonie.* «

BACON exige donc ici, parce qu'il en montre le moyen dans la fuite, qu'on faffe régner
une *continuité* réelle dans tout ce qui conftitue
la *Philofophie*, depuis fa *bafe*, favoir les *faits*,
jusqu'à fon plus haut degré pour l'homme,
c'eft-à-dire là où fe terminent les dernières
confécquences des *faits:* car, dans fa *Philofophie,*

il n'admet rien au de-là.   Ce point néanmoins
étoit fort élevé, suivant l'idée que s'en formoit
BACON, de même qu'à l'égard des espérances
qu'il avoit pour l'avenir; & je montre dans
mon ouvrage, que suivant son attente, ce
point nous approche affez, par les *origines*,
de ce qu'enseigne la *Révélation* quant à *l'oeuvre
de Dieu*, pour reconnoître la source divine de
celle-ci; & en même temps la dignité de
l'homme, quand il fait réellement usage de
toutes les forces de son *entendement*, qui n'ont
été vraiment manifestées que par ce grand
maître.   Or celui qui s'annonce comme s'étant
identifié avec lui, & qui cependant, après
l'avoir *traduit* lui-même, lui fait dire : » que la
» partie de la *Philosophie naturelle* qui consiste en
» *Physique spéculative* & *Métaphysique* est *toute* spé-
» culative; « fait évanouir, par l'addition d'un
seul *mot*, cette admirable *continuité* qu'il vouloit établir, & il perpétueroit le *Scepticisme* que
ce philosophe vouloit détruire; ce dont on
aura occasion de voir le motif.

Je passe à un autre objet, dans lequel la
Théologie viendra se joindre plus directement à
la *Philosophie*, & qui servira ainsi de transition au
chef suivant.   Ici nous verrons le *flambeau* mis
par l'Interprète à *l'entrée de la route*, porter ses

fpeĉtres fur le *Novum Organum* (dont je ne fais fi
la traduction a déjà paru.)   C'eft dans le *Monologue* préparatoire, où *l'Interprète* introduit Bacon, comme formant le plan de ce grand ouvrage. Il le divife d'abord en dix parties, dont
la première fera deftinée à *nettoyer l'aire de l'entendement humain*, en le délivrant de fes *préjugés :* il place ceux-ci dans quatre claffes générales, dont il définit les trois premières dans
le *Monologue* telles qu'elles fe trouvent en
effet dans cet ouvrage; ce font: „ les *préjugés*
„ communs à l'efpèce humaine; ceux qui font
„ propres à chaque individu; & ceux qu'il tient
„ de fon commerce avec les autres & des im-
„ perfeĉtions fans nombre de l'inftrument de la
„ communication des idées: « Mais quant à la
quatrième claffe, voici ce qu'on lui fait dire
(Préf. p. xvi) „ Enfin ceux qu'il doit aux
„ méthodes trompeufes, aux feĉtes de philofo-
„ phes & de *prêtres*, aux maîtres de toute
„ efpèce qui, en inftruifant leurs difciples, ne
„ leur enfeignent pas ce qu'ils doivent leur ap-
„ prendre, ou l'enfeignent mal, ou les empê-
„ chent de le découvrir d'eux-mêmes; car
„ dans toutes ces *écoles*, on apprend plus à
„ *croire* qu'à inventer, & à parler qu'à exé-
„ cuter. «

Là, depuis ces mots inclufivement: *Enfin ceux qu'il doit aux méthodes trompeufes & aux fectes de philofophes*, tout eft de l'invention de l'Interprète; il n'y a pas un mot qui y tende dans l'article correfpondant de Bacon; & comme c'eft le prélude d'une défiguration monftrueufe des idées de ce philofophe, je ne puis éviter de m'y arrêter long-temps, en commençant par traduire cette partie du *Novum Organum*.

Bacon repréfente fous la métaphore *d'idoles*, les divers genres de *préjugés* qui offusquent l'efprit humain: c'eft dès le *Livre* 1, qu'il en traite, & quand il vient à la dernière claffe, voici ce qu'il en dit d'abord, dans l'*Aphorisme* 44.

» Enfin, il y a des *idoles* qui font entrées » dans les efprits, tant par les diverfes doctri- » nes des *philofophes*, que par les méthodes vi- » cieufes de *démonftration*. Nous nommons cel- » les-ci *idoles* du *théatre*, parce que nous con- » fidérons toutes les efpèces de *Philofophies* jus- » qu'ici inventées & fucceffivement reçues, » comme autant des *fables*, qui ont mis fur la » fcène des *mondes imaginaires*. Et ce n'eft pas » feulement des *fables* paffées ou préfentes » que nous parlons ici; puifque plufieurs au-

« tres semblables peuvent aussi se fabriquer à
» l'avenir: car des erreurs très - différentes
» peuvent néanmoins avoir presque les mêmes
» causes. Mais pour que l'entendement hu-
» main puisse se tenir en garde contre tous ces
» genres d'*Idoles*, il faut en parler plus au long
» & plus distinctement. «

Les 16 *aphorismes* suivans sont employés
aux développemens & aux remèdes des trois
premiers genres de *préjugés* énoncés ci-dessus.
Dans l'*Aphor.* 61, il commence le sujet du quatrième genre, c'est-à-dire, des *idoles du théâ-
tre*, ou *fausses Philosophies*, par des considéra-
tions générales sur leurs sources, qu'il réduit
ensuite, dans l'*Aphor.* 62, aux trois suivantes.

» 1. En général, en formant ces *Philosophies*,
» ou l'on conclut *beaucoup* de *peu*, ou l'on con-
» clut *peu* de *beaucoup*: de sorte que, de part &
» d'autre, quoique la *Philosophie* paroisse fon-
» dée sur l'*Expérience* & l'*Histoire naturelle*, elle
» n'a qu'une base fort étroite, & elle prononce
» d'après moins de choses qu'il ne convient.
» Car dans cette sorte de Philosophie *ratio-
» nelle*, on tire de l'*Expérience* diverses choses
» vulgaires, sans certitude, sans les peser &
» examiner soigneusement, & le reste s'opère
» par la *méditation* & le *mouvement* de l'esprit.

» 2. Il y a une autre manière de *philosopher*,
» qui commence par quelques *expériences*, fai-
» tes à la vérité avec suite & exactitude, mais
» dont on ose ensuite tirer des *Philosophies*, en
» dérivant le reste par des artifices merveil-
» leux.

» 3. Enfin, il y a un troisième genre, dans
» lequel on mêle la *Théologie* & des *Traditions*
» reçues avec *vénération* & *foi*, d'où la vanité de
» plusieurs *philosophes* a voulu dériver les scien-
» ces, en courbant ainsi les esprits & les
» génies.

» De sorte que les *fausses Philosophies* sont
» de trois genres: le *Sophistique*, l'*Empirique* &
» le *Superstitieux*. «

Je passe sur les *Aphorismes* immédiatement
suivans, qui traitent des deux premiers genres
de *fausses Philosophies*; parce que c'est le troisième genre seul qui intéresse notre sujet
actuel.

Aphor. 65. » Mais la corruption de la *Philo-*
» *sophie* par la *Superstition* & le mélange de *Théo-*
» *logie*, s'étend plus loin, & elle a produit le
» plus de mal, soit dans des *Philosophies* entiè-
» res, soit dans leurs parties. Car l'entende-
» ment humain n'est pas moins sujet aux im-
» pressions de l'*imagination*, qu'à celle des
» *notions*

» *notions vulgaires ;* s'il eſt comme *enlacé* par les
» combats des philoſophies *ſophiſtiques ,* il eſt
» *flatté* par ce genre *imaginaire, enflé,* & presque
» *poétique.* Car il eſt chez les hommes une am-
» bition de l'*eſprit,* non moins que de la vo-
» lonté ; ſurtout dans les génies hauts & élevés.

» Nous en avons pluſieurs exemples parmi
» les Grecs , & en particulier dans Pythagore,
» mais avec une *ſuperſtition* groſſière & lourde ;
» elle eſt plus dangereuſe & plus ſubtile chez
» Platon & dans ſon école. Ce genre de mal
» ſe trouve auſſi dans des parties d'autres *philo-*
» *ſophies ,* où l'on introduit des *formes abſtraites,*
» des *cauſes finales ,* des *cauſes premières ,* le
» plus ſouvent ſans *cauſes intermédiaires* ou d'au-
» tres moyens ; à quoi il faut faire une grande
» attention. Les *apothéoſes* ſont encore les
» pires des erreurs , & comme une peſte pour
» l'entendement humain ; & pluſieurs des mo-
» dernes ont donné dans cette *vanité* avec une
» légéreté exceſſive , en cherchant à *fonder* la
» *philoſophie naturelle* ſur la *Genèſe,* & le *livre de*
» *Job ;* ce qui eſt *chercher les morts parmi les vi-*
» *vans.* On doit d'autant plus ſe garder de
» cette *vanité,* que de ce mélange inconſidéré
» des choſes *divines* avec les choſes *humaines,*
» naît non ſeulement une *philoſophie imaginaire,*

D

» mais une *religion erronée.* C'eſt pourquoi la
» choſe la plus ſalutaire eſt, qu'avec un eſprit
» ſage *on n'aſſigne à la foi que ce qui lui ap-*
» *partient.* «

Ce morceau de BACON, le ſeul qui puiſſe
fournir au *Commentateur* un prétexte apparent
pour ce qui précède & ce qu'on verra ſuivre,
eſt l'un de ceux qui renferment le plus intimé-
ment tout le ſyſtème de ce grand homme, &
qui en manifeſte le plus diſtinctement la ſa-
geſſe; mais il ne s'y trouve que ſous une forme
concentrée, en vue ſeulement de l'objet dont
il s'agit; & le *Commentateur*, qui eſt bien inſtruit de cette circonſtance, n'a pu compter
que ſur l'inattention de la plupart de ſes lecteurs; ainſi je dois leur montrer à quoi ſe rapporte ce paſſage dans le ſyſtème de BACON.
Je n'inſiſterai pas ſur ce qu'il n'y eſt queſtion
ni de *prêtres*, ni d'*écoles* où l'on n'enſeigne
qu'à *croire*, mais ſeulement des *philoſophes* &
de leurs *erreurs;* cela eſt évident. Le Commentateur, qui craint plus les idées renfer-
mées dans ce paſſage que tout ce que BACON a
dit explicitement de ſa *foi* (qu'il tourne ſouvent en ridicule), a tâché d'y jeter ce voile,
en l'accrochant au mot *ſuperſtition;* mais je le
ferai tomber, en manifeſtant les idées que ce

Commentateur redoute, & qu'on le verra obligé de combattre ailleurs.

La règle générale qu'a posée BACON, & dont ce paſſage n'eſt qu'une application particuliére, eſt celle-ci: » qu'on ne doit jamais » s'occuper de *Théologie*, en travaillant à la *Phi-* » *loſophie*. « Ses raiſons à cet égard, font le réſultat de tout l'enſemble de la marche qu'il trace pour arriver à une philoſophie réelle; & le Traducteur qui devoit, plus qu'un ſimple lecteur, avoir toute cette marche devant les yeux, ne ſauroit l'ignorer. Les *cauſes finales*, ou *les fins*, oſſroient aux hommes la ſeule route par laquelle ils puſſent remonter, de l'*obſervation de l'Univers*, à une *cauſe premiére* quelconque. BACON ne doutoit point qu'il n'y eût des *fins* dans la *Nature;* mais ſa perſuaſion à cet égard étoit *à priori;* c'eſt-à-dire, d'après la *certitude* que l'*Auteur de la Nature* s'étoit *révélé* aux hommes: au lieu que la *Philoſophie* ne peut procéder qu'*à poſteriori.* Ou en d'autres termes: par la *Révélation*, ce ſont les *œuvres* qu'on juge, d'après la connoiſſance de l'*ouvrier;* au lieu que par la *Phi-* *loſophie*, on cherche l'*ouvrier*, d'après la connoiſſance de ſes *œuvres.* Or, toute ſuppoſition de l'*objet cherché*, durant la *recherche*, eſt une anticipation vicieuſe, qui obſcurcit la route.

Par la même raiſon, *à priori*, BACON ne doutoit pas non plus, que lorsqu'on auroit acquis des connoiſſances ſuffiſantes ſur la Nature, on n'y découvrît clairement des *fins;* mais l'état des connoiſſances acquiſes jusqu'à lui étoit encore ſi loin de ſe prêter à cette recherche, qu'il n'étoit pas étonné de ce qu'elles n'avoient encore produit que le *Scepticisme,* qui, dans cet état des choſes, & par la ſeule ſpéculation, étoit la conſéquence la plus raiſonnable, entre un *Théisme* ſans appui, & l'*Athéisme.* C'eſt pourquoi il inſiſtoit ſur ce qu'on ne devoit s'occuper des *fins, ex profeſſo,* ni dans l'*Hiſtoire naturelle,* ni même dans la *Phyſique,* quoique celle - ci ſoit déjà plus élevée d'un *étage* vers les *cauſes naturelles;* leurs fonctions, ſelon lui, ne devant être, que la recherche *des cauſes phyſiques;* en commençant par celles qui ſont les plus prochaines des *phénomènes,* & continuant par celles qui s'en trouvent de plus en plus reculées. C'eſt ce qu'il montre fort en détail au Chap. 4 du Livre III, de la *Dignité & accroiſſement des Sciences;* après quoi il conclut ainſi (*Traduction,* Tome II, p. 94): „Ces excur-

» fions & irruptions des *caufes finales* dans les
» poffeffions des *caufes phyfiques* ravagent tout
» dans ce département. «

C'eft donc à la *Métaphyfique* qu'il affigne enfin ce grand objet; parce que, fuivant qu'il la définit, elle doit être le dépôt des premiers réfultats des recherches fur les *caufes phyfiques*, lesquels, s'y combinant fucceffivement, peuvent d'abord manifefter les *caufes générales*, & conduire enfuite aux *origines*. Or puisqu'il n'avoit rien trouvé dans les *Philofophies* précédentes qui reffemblât à une telle *Métaphyfique*; puisque lui-même, par tous fes efforts, n'avoit pu trouver encore que des *règles* pour la former & arriver par elle à la *Téléologie* (ou théorie des *fins*); comment auroit-il pu accorder à fes prédéceffeurs, ni fe permettre, de mêler la *Théologie* elle-même à la *Philofophie?*

Cet homme vraiment inftruit & fage, ne reconnoiffoit donc, & ne pouvoit reconnoître d'autre *fource* qu'une *Révélation* immédiate, des *idées* qui cependant fe trouvoient répandues parmi les hommes fur l'exiftence d'une *Caufe première intelligente;* & par cette raifon même, il accordoit à la *Révélation* une entière confiance, comme étant la feule idée digne d'un Etre infiniment fage, bon & puiffant: c'eft ce qu'il montre par-tout d'une manière auffi évidente que forte. Mais Dieu n'a pas *révélé* aux hommes la *Philofophie;* c'eft-à-dire, il ne les a pas *inftruits* fur *les caufes générales qui agiffent dans l'Univers;* il leur a donné feulement des *facultés* propres à acquérir cette connoiffance, & c'eft à eux à y travailler. Cependant, jusqu'au temps de ce philofophe, les recherches avoient été fi mal dirigées, qu'on n'y avoit fait aucun pas réel; ce qui n'avoit pas empêché quelques hommes de former des fyftèmes, qui par là ne pouvoient être que chimériques: & en même temps qu'ils s'éloignoient ainfi de la *Nature,* ils obfcurciffoient la première *fource* de leur *inftruction.* C'eft-là le *grand mal* que Bacon trouvoit dans le monde; & entre les *maux* particuliers qu'il *voyoit à fa fuite,* étoit celui de chercher dans la *Révélation,* comme le faifoient quelques *Alchimiftes* & *Cabaliftes* (dont il avoit fpécialement parlé) ce qu'on doit entendre par *Philofophie;* c'eft-à-dire, cette *connoiffance des caufes générales:* ce qui, par *fuperftition,* produifoit le double *mal,* de *Philofophies imaginaires,* & de *Religions erronées.*

Telle eft la grande, la fublime propofition de Bacon: elle revient cent fois, fous toutes

fortes de formes, dans le cours de fes Ouvrages, & elle fe réfume à ceci: » La *Philofophie*
» doit être cherchée dans la *Nature*, & la *Reli-*
» *gion* dans l'*Ecriture Sainte.* « L'Interprète de
ce philofophe, qui ne fauroit ignorer que
c'eft-là fon principe fondamental, avoit tâché
de jeter un voile fur ce morceau trop frappant; mais on va le voir fe dévoiler lui-même,
en attaquant BACON fur cet objet, dans un cas
où il avoit été moins explicite. C'eft à la page 165 du Tome i de la *Traduction*, où notre
philofophe reprochant déjà à PLATON d'avoir
mélé à fa *Philofophie*, la *Théologie*, le Traducteur met ceci en *note.*

» *S'il* eft vrai que le *grand reffort* de ce
» monde, foit *Dieu:* la *Théorie des refforts* étant
» une partie de la *Mécanique*, & la *Mécani-*
» *que* une partie de la *Phyfique;* dès lors *on*
» *eft forcé* de *méler* la *Théologie* à la *Philofo-*
» *phie.* C'eft parce que les Phyficiens confi-
» dèrent toujours le *mouvement* de ce monde
» comme *produit*, & non comme *à produire*,
» qu'ils ne fentent pas affez cette vérité.
» C'eft donc parce que leur *Théorie* des *forces*
» *motrices* eft incomplète, que, dans la *Phy-*
» *fique générale*, ils ne parlent point de *Dieu*
» ou de fes *équivalens.* «

D 4

Ici premièrement, l'Interprète détruit lui-même l'illusion qu'il a voulu produire sur BA-CON, pour le mettre à la tête de la secte; car il *l'attaque* pour avoir *dit* le contraire de ce qu'il vouloit lui *faire dire*. Suivant lui, dans le *Monologue*, BACON attribue tout à la *Philosophie*, même le *Théisme;* & ici il l'attaque, parce qu'il exclut formellement de la première, la *Théologie*. Il a espéré sans doute qu'on n'apercevroit pas cette contradiction; mais quel est son dessein? Quel *Théisme* veut-il établir? Il falloit bien le glisser quelque part, & on le trouve ici; c'est que *Dieu* (ou quelque *équivalent*), est une certaine *force mécanique;* de sorte qu'il voudroit conduire ses lecteurs à *l'Athéisme* proprement dit.

Voilà tout ce que j'avois à montrer sur ce point; & ce ne sera qu'accessoirement, que je présenterai ici un *argument ad hominem* à ce *Mécanico-théologien*. Il est démontré en *Mécanique*, que le *mouvement perpétuel* est impossible (je mets à part le *mouvement rotatoire* une fois communiqué, qui s'éteint par les *frottemens*); parce que les *forces motrices* que cette science considère, sont les *ressorts*, les *poids* & les *chocs;* dont les deux premiers genres, au bout d'un certain temps, ont besoin d'être *remontés*, & le dernier doit être *répété*. Notre Pseudo-théiste parlant de *ressorts*, je lui demanderai d'abord ce qui les *remonte* dans la *Mécanique* humaine ? Des *hommes*, répondra-t-il. Qu'est-ce qui *remonte* les *hommes ?* Le *grand ressort* de la *Nature*. Et qu'est-ce qui *remonte* celui-ci ? — Quelle absurdité !

C'en est assez, je pense, pour faire voir par quelle grossière infidélité l'*Interprète* de *BACON* renverse sa *Philosophie*, pour lui prêter ses propres *vues*. Je passe maintenant à la *Théologie*, où l'on verra plus clairement, avec la même marche, quel est le but de toute cette entreprise.

PARTIE III.

Comparaison des idées prêtées à BACON sur la THÉOLOGIE, avec celles qu'il a lui-même exposées : objet qui embrasse la MORALE.

L'*Interprète* fait dire à BACON à la p. xxx de la Préface. » Je tenterai aussi d'expliquer
» quelques-unes des anciennes *Mythologies :*
» surtout celles des Grecs, qui ne me pa-
» roissent être qu'un composé d'allégories, les
» unes formant un corps, les autres tout-à-
» fait incohérentes, & toutes servant de *voiles*
» à différens *systèmes* de *Physique* & de *Morale.*
» Ces allégories furent embellies par les *Poëtes,*
» les *Prêtres* s'en emparèrent ; ils en firent des
» *Etres* & des *Dogmes ;* & le peuple, au lieu
» d'user de la *vérité* cachée sous l'*emblème,*
» adora l'*emblème,* ou abusa de la *vérité.* De
» son erreur sur ce point, & de l'*intérêt* métho-
» dique des *Prêtres,* sont nées toutes les *fausses*
» *Religions ;* elles ont fait à l'Univers *beaucoup*
» *de mal, & un peu de bien,* qui a servi de pré-
» texte ou de moyen pour faire beaucoup de
» mal. Elles avoient été *inventées* pour *faire*

» *accroire* au peuple des *vérités* effentielles à
» fon bonheur, mais dont les *preuves* excé-
» doient la portée de fon intelligence, & elles
» n'ont fervi qu'à l'*opprimer*.

   » En expliquant ainfi la *Mythologie* païen-
» ne, je donnerai une *clef* pour analyfer la *My-*
» *thologie* chrétienne; pour féparer, dans la
» maffe confufe & indigefte du *Catholicisme* &
» même du *Proteftantisme*, la *véritable Religion*
» *de Chrift*, laquelle (comme il déclare lui-mê-
» me avec une *précifion* & une *clarté* qui *difpenfe*
» de tout *commentaire*) confifte *uniquement* dans
» l'*amour* de *Dieu* & du *prochain*, & dans les
» *actions* conformes à cette *loi* fi *douce* & fi
» *précife:* pour démêler, dis-je, cette partie
» *pure* & *fublime*, d'avec la partie *dogmatique*
» & *fuperftitieufe* que certains *Prêtres* y ont
» ajoutée pour le rendre néceffaires. A l'aide
» de cette *clef*, on diftinguera aifément ce qui
» eft fimplement *figure* & *figne*, & ce qui *ne*
» *fignifie rien du tout.* «

   Voilà toute la trame ourdie. On voit déjà
affez qu'il ne doit pas y avoir-là une feule idée
de Bacon; ainfi je le laifferai à part pour un
moment, & ne m'arrêterai à confidérer que
les artifices de l'Auteur & de fa Secte. On
voit d'abord une de leurs rufes, qui eft très-

commune. L'Auteur parle pathétiquement de la *pure Religion de Christ*, de la *sublimité*, de la *douce loi* qui recommande l'*amour* de *Dieu* & du *prochain*; oubliant qu'il a fait de la CAUSE PREMIÈRE un *grand reffort mécanique*, & de ce qu'il nomme *le Prochain*, un affemblage de petites *machines*. Quel *amour*! L'illufion pourroit-elle fe foutenir?

Cependant le contrafte eft plus frappant encore quant à la *Morale*. Le Traducteur, comme s'il exprimoit dans ce paffage du *Monologue* les idées réelles de BACON, y met en note. „ Le *vrai Chriftianisme*, tel qu'il eft ex- „ pofé dans le développement du *Difcours de* „ *la Montagne*, durera autant que *l'Homme*; la „ *nature* même du *cœur humain* eft le *fol* où il „ eft *planté*. Mais ce Chriftianisme diffère „ beaucoup de celui *qu'on nous enfeignoit*; & „ comme le dit ROUSSEAU, pour *fauver le tronc*, „ il faut *facrifier les branches*. „ Voilà encore du pathétique, deftiné à raffurer ceux qui craindroient, qu'en enlevant ce qu'on nomme la *Mythologie* du Chriftianisme, les *lois* de ce beau *Discours* n'euffent plus de *fanction:* „ elles „ dureront (dit-il) *autant que l'Homme;* la *nature* „ même du *cœur humain* les produit comme „ étant leur *fol.* „ Or avant de montrer la

fûreté que l'Auteur nous en donne, je dois
raffembler d'abord quelques-unes des *lois* con-
tenues dans le *Discours de la Montagne*.

» Bien-heureux font ceux qui font affamés
» & altérés de *juſtice:* Car *ils feront raſſaſiés.*

» Bien-heureux font ceux qui font perſé-
» cutés pour la juſtice: Car *le Royaume des*
» *Cieux leur appartient.*

» Je vous *dis*, que fi votre *juſtice* ne fur-
» paſſe pas celle des Scribes & des Pharifiens,
» *vous n'entrerez point dans le Royaume des Cieux.*

» Vous avez appris qu'il a été dit: tu aime-
» ras ton prochain, & tu haïras ton ennemi.
» Mais *je vous dis:* aimez vos ennemis, & bé-
» niſſez ceux qui vous maudiſſent; faites du
» bien à ceux qui vous haïſſent, & priez pour
» ceux qui vous perſécutent: afin que vous
» *foyez les enfans de votre Père qui eſt aux Cieux;*
» car il fait lever ſon ſoleil ſur les méchans &
» fur les gens de bien, & il envoie ſa pluie ſur
» les juſtes & fur les injuſtes. «

Celui qui prononça ce *Discours*, ne comp-
toit donc pas ſur le *cœur de l'homme* laiſſé à ſes
propres mouvemens, puisqu'il accompagna
de *récompenſes* & de *peines* la promulgation de
ces lois. Voilà donc qui contredit formellement la manière dont l'Interprète de Bacon

repréſente ce grand code; mais ce qui étonnera le plus, c'eſt qu'en exaltant ici le *cœur humain* pour qu'on ne s'alarme pas de ce qu'il veut confier la *Morale* à ſa ſeule *nature*, il le connoit très-bien lui-même, & laiſſe pluſieurs fois échapper ce ſecret.

D'abord, il ne peut retenir ce qu'il croit un *bon-mot*, en traduiſant (Tome III, p. 475) un paſſage de BACON, tout oppoſé aux idées qu'il lui prête. Ce philoſophe, après avoir cité l'une des lois précédentes, celle qui ſe rapporte à nos devoirs envers *nos ennemis*, ajoute en l'admirant, par alluſion à l'impreſſion que fit ce Diſcours ſur le peuple qui l'entendit: » C'eſt-là une *voix* qui eſt au-deſſus de la » *lumière naturelle;* « ſur quoi le Traducteur met en note. » De la *muſique naturelle*, ſal-» loit-il dire; car la *voix* ſe rapporte à la *muſi-* » *que*, & les *regards* à la *lumière.* « On voit bien que cette *loi* n'étoit pas à l'*uniſſon* avec ſon *cœur;* mais de plus ſa plaiſanterie porte à faux: car c'eſt le *ſon* de la voix qui ſe rapporte à la *muſique*, & la *voix* elle même ſous-entend des *paroles*, qui *éclairent* l'eſprit quand elles procèdent d'une ſource infaillible.

Ce n'eſt pas ſeulement à l'égard de la loi ſublime de l'*amour des ennemis*, c'eſt ſur la *juſtice* même, cette unique baſe de la Société, que l'Auteur ſe trahit encore. En traduiſant Bacon, au Tome III, p. 392, où, parlant des *guerres*, & conſidérant que ceux qui les meuvent cherchent toujours à les appuier ſur quelque motif de *juſtice*, il l'attribue à un ſentiment *inné* dans le *cœur humain;* mais le Traducteur met en note. „ Ce qu'il annonce ici „ *eſt contredit par toute l'Hiſtoire*, où nous „ voyons que la plupart des *guerres*, même les „ plus *juſtes* dans le fond, ne laiſſent pas „ d'être allumées par des motifs viſiblement *in-* „ *juſtes*. . . . . Si *l'amour de la juſtice* eſt *inné* „ dans le *cœur humain*, ce n'eſt pas tant que „ chaque individu *aime* à *l'obſerver envers les au-* „ *tres;* mais en tant qu'il *ſouhaite* que les au- „ tres *l'obſervent envers lui;* & s'il exige que les „ autres l'obſervent *entr'eux*, c'eſt *afin* qu'ils „ ſoient auſſi *juſtes* envers *lui*. „ Et c'eſt dans ce cœur *égoiſte* qu'on place la *racine* des *ſentimens* moraux que le *Discours ſur la Montagne* preſcrit aux hommes comme des *devoirs!* Ce cœur *indocile* eſt le *ſol* dans lequel cette rigide *Morale* eſt *plantée!*

Ici une réflexion bien pénible vient s'ajouter au ſentiment qu'on éprouve, en conſidérant une telle duplicité. Lorsque ce plan de perverſion des idées commença il y a environ cinquante ans, on y mit bien plus d'adreſſe: on ne croyoit pas encore que le Genre-humain pût être mené comme un troupeau de bétail. Les hommes ont-ils donc montré par l'expérience, qu'on pouvoit tout entreprendre ſur eux? Ou bien, les a-t-on tellement entraînés à l'inattention, à l'inſouciance, à la diſſipation, à la pareſſe de l'égoïsme ſur tout ce qui n'eſt pas de l'intérêt groſſièrement immédiat, qu'il ne ſoit plus beſoin que de fort peu d'adreſſe, pour les tromper ſur ce qui les intéreſte le plus dans un avenir peu éloigné? Cette réflexion, qu'on aura lieu de faire très-ſouvent dans ce qui va ſuivre, me ſemble bien capable de frapper ceux qui ne ſont que ſéduits, & de les engager à conſidérer attentivement, avec quel mépris on traite les hommes, & vers quelle fin on compte pouvoir les mener.

J'oppoſerai d'abord à l'Auteur le jugement même d'un autre homme célèbre, dont il réclame le témoignage dans la note rapportée ci-deſſus; je veux dire ROUSSEAU. J'ai beaucoup connu cet homme extraordinaire, qui, comme celui qui le cite, le contrediſoit ſouvent à l'égard du *cœur humain;* mais c'étoit

avec

avec bien moins d'écarts, parce qu'il aimoit réellement les hommes. Sa raison étoit souvent subjuguée par son imagination & par les passions favorites; mais quand il s'occupoit profondément de ce qu'exige le *bien commun*, il détestoit la Philosophie des *Encyclopédistes*, & il ne pouvoit alors s'empêcher de tourner les yeux vers la *Révélation;* sentant bien que les hommes avoient besoin d'un frein, qu'ils ne se donneroient jamais eux-mêmes. Je ne parlerai pas de nos entretiens à ce sujet, mais je citerai une note de son EMILE.

„ Les Mahométans disent, selon CHARDIN,
„ qu'après l'examen qui suivra la résurrection
„ universelle, les corps iront passer un *Pont*
„ appelé *Poul Serrho*, qui est jeté sur le feu
„ éternel; *Pont* qui peut (disent-ils) être ap-
„ pelé le troisième & dernier examen, & le
„ vrai jugement final; parce que c'est là où se
„ formera la séparation des bons d'avec les
„ méchans . . . .

„ Les Persans (continue CHARDIN) sont fort
„ infatués de ce *Pont;* & lorsque quelqu'un
„ souffre une injure, dont, par aucune voie
„ ni dans aucun temps, il ne peut espérer
„ d'avoir raison, sa dernière consolation est de
„ dire: Eh! bien, par le Dieu vivant, tu me

» payeras le double au *dernier jour;* tu ne paſſe-
» ras point le *Poul Serrho* que tu ne me ſatis-
» faſſes auparavant ; je m'attacherai au bord de
» ta veſte, & je me jetterai à tes jambes. «
» J'ai vu beaucoup de gens éminens, & de
» toutes fortes de profeſſions, qui, appréhen-
» dant qu'on ne criât ainſi *Haro* ſur eux au
» paſſage de ce *Pont* redoutable, ſollicitoient
» ceux qui ſe plaignoient d'eux, de leur par-
» donner. Cela m'eſt arrivé cent fois à moi-
» même : des gens de qualité qui m'avoient
» fait faire, par importunité, des démarches
» autrement que je n'euſſe voulu, m'abor-
» doient au bout de quelque temps, qu'ils
» penſoient que le chagrin étoit paſſé, & me
» diſoient : » Je te prie *halal becon antchifra;* «
» c'eſt-à-dire, *rends-moi cette affaire licite*, ou
» *juſte.* Quelques-uns même m'ont fait des
» préſens & rendu des ſervices, afin que je
» leur pardonnaſſe, en leur déclarant que je
» le faiſois *de bon cœur.* De quoi la *cauſe* n'eſt
» autre, que *cette créance* qu'on ne paſſera
» point le *Pont* de l'Enfer qu'on n'ait rendu le
» dernier denier à ceux qu'on a *opprimés.* «
(Tome 7, in-12, p. 50.)

    » Croirai-je (ajoute ROUSSEAU) que l'idée
» de ce *Pont,* qui *répare* tant d'injures, n'en

» *prévient* jamais? Si l'on *ôtoit* aux Perfans
» cette *idée*, en les perfuadant qu'il n'y a ni
» *Poul - Serrho* ni rien de *femblable* où les *oppri-*
» *més* feront vengés de leurs *tyrans* après la
» *mort*, n'eft-il pas clair que cela mettroit
» ceux-ci fort à leur aife, & les délivreroit du
» foin d'apaifer ces malheureux?

     » Philofophe! tes *lois morales* font fort bel-
» les, mais montre m'en, de grâce, la *fanc-*
» *tion!* Ceffe un moment de battre la cam-
» pagne, & dis-moi *nettement*, ce que tu mets
» à la place du *Poul-Serrho?* «

     Le prétendu Interprète de Bacon connoif-
foit-il cet argument *ad hominem?* S'il s'en fût
fouvenu, je penfe qu'il n'auroit pas réclamé le
témoignage de Rousseau en faveur de fes idées.
Je dis *argument ad hominem;* car il porte directement fur celui qui, après avoir tenté de faire
accroire, que le *cœur humain* eft le *fol* dans lequel fe trouve *planté* le *Difcours fur la Monta-*
gne, ne reconnoît cependant lui-même dans
ce *cœur* que l'*égoïsme* le plus fordide. Mais je
le pourfuivrai plus loin dans cette défiguration
fi vifible de Bacon, dont il fe dit l'*Interprète;*
& on le verra obligé d'attaquer de nouveau ce
Philofophe, parce qu'il dit trop fouvent le
contraire de ce qu'il voudroit lui faire dire.

Dans le monstrueux passage cité ci-dessus, cet homme, qui n'a pas plus dans son coeur le sentiment de la *vérité* que celui de la *justice*, fait dire à BACON: « Les *fausses Religions*, nées » de l'*intérêt méthodique* des *Prêtres*, se fon- » doient sur des allégories *inventées* pour *faire* » *accroire* au Peuple des *vérités de pratique* » essentielles au bonheur, & dont les *preuves* » excédoient les bornes de son intelligence; » elles n'ont servi qu'à l'opprimer: — elles » ont fait *un peu de bien*, qui a servi de pré- » texte ou de moyen pour *faire le mal.* « Il ne s'agira pas ici de BACON; car quoiqu'on lui prête ces idées, il est déjà assez évident qu'el- les sont les antipodes des siennes. Je prouve- rai bientôt, que l'origine de ce que nous nom- mons *fausses Religions*, est évidemment diffé- rente de celle que cet Auteur leur assigne; mais quant au *mal* qu'il leur attribue, celui de l'*oppression* du Peuple, j'examinerai d'abord si, sans elles, il auroit pu exister des *Peuples;* en supposant pour un moment qu'il n'y avoit en- core aucune Religion positive parmi les hommes.

Pour que la *Société* pût même se former, il falloit que des hommes, rassemblés en assez grand nombre dans un même lieu, pussent y cultiver, bâtir, s'occuper des arts, échanger paifiblement les produits de leurs divers talens; & dormir en fécurité pour fe repofer des fatigues du jour. Il falloit donc que la *propriété* fût établie & refpectée; il falloit de plus que la *liberté* individuelle, & la *fenfibilité* des hommes au plaifir & à la peine fuffent en fûreté. Comment produire ces circonftances indispenfables, malgré l'*égoïsme* du *cœur humain?* On répond: par la *force publique.* — D'où procède cette *force?* De la réunion des individus, dont la *volonté* déclarée par les *Lois,* fera maintenue par des *Prépofés* à qui l'on confiera l'emploi de la *force de tous.* — Sous ce régime, qu'eft-ce qui préviendra, ou réprimera les vexations, les injuftices d'individu à individu, fur lesquelles les *Lois* n'auront rien ftatué, & ne pourroient même ftatuer? On répond: la *Morale.* — Qu'eft-ce qui empêchera les *Prépofés* de fe prévaloir de leur autorité comme dépofitaires de la *force publique,* pour *opprimer,* ou des individus, ou même la Société? Ce fera, ou la *Morale,* ou la *force publique* elle-même qui fe révoltera. — Mais puifque la *force publique* eft un affemblage d'hommes, qu'eft-ce qui empêchera des hommes rufés & hardis, de-faire tourner la tête à un affez grand nombre d'individus; ou en les trompant fur le bien & le mal, ou en leur montrant des moyens de fatisfaire leurs diverfes paffions favorites; de forte qu'avec eux ils ne puiffent renverfer & les *Prépofés* & les *Lois?* Ici il ne refte que la *Morale.* — Quelle eft donc la bafe de la *Morale? Le coeur humain?* — Et qu'eft le *coeur humain? Un égoïfte.* Ainfi tout eft à recommencer, pour tourner fans ceffe dans ce cercle défaftreux.

Comment donc la *Société* auroit-elle pu même fe former entre ces Etres, dont le penchant dominant eft *l'intérêt perfonnel?* Ils feront des *Effais,* dira-t-on, & *l'Expérience* leur apprendra, que s'ils n'établiffent pas entr'eux des *Lois,* & une *force* permanente qui réprime les penchans des membres de l'affociation, il ne pourra exifter aucun *Peuple,* aucun grand affemblage d'individus. Mais il eft évident que cela rentre toujours dans le même *cercle,* puifqu'on n'y voit que les mêmes Etres. Or dans toute queftion qui tient à la nature des hommes, *l'Expérience,* c'eft-à dire *l'Hiftoire,* doit fournir les *données;* & l'Auteur que je combats l'a reconnu lui-même, puifqu'il a eu recours à *l'Hiftoire,* pour déterminer la *nature* du *coeur humain:* elle doit donc être ici notre guide: or elle ne fournit pas la moindre *trace* d'aucun temps, où la *Société* ne fût pas déjà établie (dès qu'on met à part la *Genèse*); ni d'aucune *Société* établie, où la *Morale* n'eût d'appui que le *cœur humain*. Par-tout, fans exception, on y voit la *croyance*, que quelque *Etre* fupérieur aux hommes leur a donné des *lois* pofitives, avec déclaration formelle, que ceux qui les obferveront feront récompenfés, & que les violateurs feront punis. Tel eft le *fait* incontefiable qui réfout le problème de l'établiffement de la *Société;* toute autre idée de fon origine n'eft que chimère.

Il eft donc certain que la *Religion*, c'eft-à-dire, la *croyance* en un Etre, ou des Etres, par qui les crimes des hommes font punis, & dont l'*exifience* & la *volonté* ont été *pofitivement* manifefiées par des moyens *furnaturels;* que cette *croyance*, dis-je, fous quelque forme qu'elle ait exifié parmi les *Peuples*, loin d'avoir été un moyen de les *opprimer*, a été la feule caufe de leur exifience, c'eft-à-dire, de la formation de la *Société*. Maintenant, quelle eft l'origine de la *Religion?* Ses bafes ont-elles été *inventées* par des *Philofophes*, „ pour *faire* „ *accroire* au Peuple des *vérités* dont les *preuves* „ étoient au-deffus de fon intelligence? „

Confultons encore l'*Hiftoire*. On n'y trouve non plus aucune trace de *Philofophes*, que dans des *Sociétés* déjà exiftantes, & fous une *Religion publique*, que les uns méprifoient, & les autres tâchoient d'*interpréter*. Ainfi (mettant encore à part la *Genéfe*), on voit la *Religion* précéder les *Philofophes* dans toutes les annales du genre humain. Qu'eft-ce donc que l'affertion de l'Auteur fur l'*origine* de la *Religion* dans ce fens général? C'eft une chimére déceptrice & funefte.

Cherchons maintenant l'*origine* réelle de la *Société*, ou ce qui revient au même, des *Religions pofitives*; en joignant aux *annales* des *Hommes*, celles de la *Terre :* je montrerai cette *origine* par une fuite de propofitions, que je ne m'arrêterai pas à prouver ici, mais qu'il faut pouvoir réfuter, pour en détruire la conféquence.

1. Les *Continens* aujourd'hui habités, font d'une *antiquité* peu grande; ainfi les *Nations* qui les habitent, de quelque *antiquité* que quelques-unes fe vantent, ne font pas non plus réellement fort anciennes.

2. Quelles que foient les fables dont ces Nations mêlent leurs anciennes chroniques; elles fe donnent toutes des *origines* analogues;

elles defcendent d'un certain *Perfonnage*, fau-
vé *miraculeufement* dans une *barque*, au temps
d'un bouleverfement univerfel de la Terre par
les eaux.

3. Toutes les défignations, foit de ce *Per-*
fonnage, foit des circonftances de l'événement
dans lequel il fut préfervé par un *Etre fupérieur*,
foit des fuites de cette cataftrophe, ont quelque chofe de commun entr'elles; & dans leur
enfemble elles fe rapportent, tant à l'Hiftoire
de Noé & de fa Famille durant un *Déluge* dé-
crit dans la *Genèfe*, & à la fin, qu'au commencement de leur établiffement fur de nouvelles
terres, & à un premier *facrifice* offert à la Divinité: événemens qui, dans ce Livre, font
fuivis d'une *Chronologie* précife, d'accord avec
nombre de *Chronomètres* naturels qu'offrent nos
Continens.

4. Ces *Mythologies* renferment auffi des
traits relatifs à l'origine du *Monde* qui fe rapportent aux premiers *verfets* de la *Genèfe;* & à
l'égard de l'*Homme*, elles contiennent des notions de fa *chute*, & de la promeffe d'un *Mé-*
diateur; à quoi fe rapportent plufieurs parties
de leurs *Cultes*.

Voilà donc des traces très-précifes de l'origine de la *Religion*, prife dans fon fens géné-

ral; & quant à la conformité de ces traces
dans les annales des Peuples, l'Auteur ne
pourra la contefier, puisqu'il la cite lui-même
à l'occafion d'un paffage de BACON, au fujet
duquel il le contredit encore: c'eft au T. 1,
p. 352 de la Traduction, où ce Philofophe,
commentant la fable du Dieu PAN, remarque
fur une de fes parties; » que les *Grecs*, foit
» par l'entremife des *Egyptiens*, ou de toute
» autre manière, devoient avoir eu quelque
» connoiffance des *Myftères des Hébreux*; de
» forte que cette partie de la *fable* fe rapporte
» à l'état du Monde, *non tel qu'il étoit à fon ori-*
» *gine, mais tel qu'il fut après la chute d'Adam.* «
Sur quoi le Traducteur met en note: » Ou
» que les *Hébreux*, qui avoient été efclaves en
» *Egypte*, euffent eu quelque connoiffance
» des *Myftères des Egyptiens.* Mais d'ailleurs,
» ces idées d'un *état plus parfait*, de la *chute de*
» *l'homme*, & de la *dégradation* qui en eft la
» *conféquence*, remontent beaucoup plus haut,
» & viennent des *Indiens.* « Il faut ajouter ici,
qu'elles font communes auffi aux anciens
Perfans & aux *Chinois*, de même qu'aux Peuples du Nord de l'Afie.

Une idée auffi précife que celle d'une
chute du *premier homme*, & d'un *Médiateur* pro-

mis, répandue parmi des Nations si distantes les unes des autres, ne peut (comme le concluoit M. Bailly des *formules astronomiques*) que provenir d'une *même source*. Au travers de leurs *fables*, les *traditions* de ces différens Peuples désignent aussi toutes, comme je l'ai déjà dit, leur premier Patriarche sous des traits qui appartiennent au Noé des *Hébreux*; mais c'est avec cette circonstance: que ces traits réunis dans la *Genèse*, sont dispersés dans les *Mythologies*; leur ensemble les renferme tous, mais ils ne sont tous dans aucune. Il n'auroit donc pas suffi à Moyse d'avoir connoissance des *Mystères Egyptiens*; & depuis qu'il eut tiré les *Hébreux* de servitude, occupé de leur conduite jusqu'à sa mort, il n'eut pas le temps de faire le tour de l'*Asie* pour rassembler ces traits. D'ailleurs, toutes les circonstances dont il accompagne les événemens arrivés à la *Terre*, sont si précises, qu'on peut les vérifier par la *Terre* elle - même; ce qui est impossible à l'égard des *Mythologies*, à cause de leur mélange d'inventions fabuleuses; & la *Chronologie* des descendans de Noé, seule base existante d'une *Histoire universelle*, est d'accord avec ce qu'enseignent nos *Continens*. Quelle différen-

ce donc entre les *Hébreux* & tous les autres
Peuples!

Si, au temps de mes relations avec Rousseau, avant & après la publication de fon Emile, j'euffe pu lui prouver ces faits auffi précifément que j'ai été en état de le faire dès lors,
on peut comprendre, d'après le paffage que
j'ai cité de lui ci-deffus, qu'il auroit faite avec
avidité cette folution de fes doutes fur la Révélation; puifqu'il fentoit fi bien le befoin, qu'a-
voient les hommes de *croire* à des lois divines
immédiates. Je l'ai revu à Paris en 1777, trois
ans avant la publication de mes *Lettres fur
l'hiftoire de la Terre & de l'Homme*, mais dont
j'avois déjà tout le fujet dans mon efprit; il le
regardoit comme de très-grande importance,
& j'eus lieu de croire, malgré l'agitation qui
étoit alors dans fon efprit, que s'il eût furvécu
à leur publication, elles auroient fait une pro-
fonde impreffion fur fon âme, car il n'avoit
que des doutes, & fa connoiffance des hommes tendoit déjà à les lever: c'eft ce qu'on voit
en divers endroits de fes Ouvrages.

J'avois féparé ici Bacon de fon *Interprète*,
qui (fuivant qu'on vient de le voir & comme
on le verra encore) trompe fes lecteurs en faifant dire à ce grand homme, que la *Religion* a

été *inventée* par les *Philofophes*, & *pervertie* par les *Prêtres*. Or on va le voir porter ce premier artifice julques fur la *Morale;* tellement que BACON, fuivant fon Interprète, ne lui laiffera d'autre appui que ce Protée *égoïfle*, le *cœur humain.* Il fait dire à ce Philofophe (p. XXXIII du *Monologue*): » Il me paroit inutile de trai-
» ter la *Morale* ex profeffo, & impoffible de
» donner fur cette matière un Ouvrage com-
» plet, dont le fond foit vraiment neuf; la
» *Théorie* de cette fcience étant auffi avancée,
» que la *Pratique* l'eft peu. Il n'y manque à
» proprement parler que des détails, & il eft
» peut-être moins utile de les réunir en un
» corps, que de les traiter par parties déta-
» chées; une *maxime* bien *frappée*, bien *ame-*
» *née* fans le fecours des divifions & des tranfi-
» tions, & même un peu *ifolée*, eft plus facile
» à apercevoir & à fe rappeler, que lors-
» qu'elle eft perdue dans un corps immenfe de
» *Morale* . . . . Dans tout *genre ennuyeux,*
» comme la *Morale raifonnée*, & toutes chofes
» égales d'ailleurs, le *meilleur* traité, eft le
» plus *court* . . . . Ainfi, abandonnant tou-
» tes ces méthodes artificielles & arbitraires,
» je me contenterai de placer fous les mêmes
» titres, les *maximes* qui fe rapportent au mê-

» me fujet; chaque lecteur reftant le maître
» de placer les différens chapitres dans l'ordre
» qu'aura tracé pour lui l'enchaînement de
» *fes befoins.* «

Sans attribuer les vues de l'Auteur à ceux
qui veulent comme lui faire du *Chriftianisme*
une *Morale de la Raifon*, je les invite à réfléchir
fur ce qu'il dit ici de cette *Morale*, & qui eft
dicté par l'Expérience. C'eft un *genre ennuyeux*
à entendre, parce que chacun s'en croit capable; bientôt il ne laifferoit d'auditeurs qu'à
ceux qui débiteroient la *Morale* comme au
Théatre; & même ne pouvant y mettre en
chaire, la variété des drames ou des romans,
ils *ennuyeroient* auffi chacun à leur tour, quand
on auroit fouvent entendu la ritournelle de
leur provifion de figures de rhétorique. Quand
on prêche aux hommes leurs *devoirs*, il faut,
pour les rendre attentifs dans tout le cours de
leur vie, qu'ils foient convaincus qu'on les
leur dicte d'après des *fanctions divines* immédiates. C'eft ce qu'on reconnoiffoit autrefois;
car fans éloquence de la part des Interprètes
de la *Parole de Dieu*, leur propre perfuafion &
leur zèle leur tenoient lieu de talent, & leur
concilioient l'attention. Dès qu'on ne croi-
roit plus entendre que des hommes, raifon-

nant bien ou mal fur un fujet auffi rebattu que la *Morale*, l'ennui deviendroit général; & alors! . . . . Je m'arrête fur les conféquences, elles ne font que trop vifibles; ma tâche étant principalement ici, de venger Bacon de cette injure, en en faifant retomber la honte fur l'Auteur; & pour cet effet j'ai à confidérer deux objets; la *fanction* de la *Morale*, & la *Morale* elle-même.

A l'égard du premier de ces points, Bacon ne reconnoît d'autre *fanction* de la *Morale chrétienne*, que les circonftances mêmes dont cet Auteur lui fait dire qu'il donnera la *clef*, en les taxant de *Mythologie;* favoir les *Miracles* & les *Prophéties* rapportées dans l'*Ecriture fainte;* circonftances par lesquelles les *Lois* qu'elle renferme, revêtent le caractère immédiat de *lois divines*, accompagnées de promeffes pour ceux qui les obfervent, & de menaces pour ceux qui les violent.

En paffant fous filence la *Confeffion de foi* de ce Philofophe, fon prétendu *Interprète* a cru fe délivrer d'un grand fardeau à l'égard des *Miracles;* mais par une direction de la Providence, au moment où fon Ouvrage a paru, il exiftoit déjà parmi fes compatriotes une traduction françoife, & de cette *Confeffion de foi,*

& de tous les autres Ouvrages de BACON dont il fouffrait la connoiffance à fes lecteurs; ce Recueil, publié à Paris depuis deux ans, eft le même dont j'ai déjà fait mention, & où l'on trouvera, dans la *Confeffion de foi* de BACON, cet article, auffi vraiment *philofophique* que *religieux*, fur les *Miracles*.

Art. 10. » *Je crois*, que toutes les fois que » Dieu *fufpend les lois de la Nature* en opérant » des *Miracles*, qui peuvent toujours être con- » fidérés comme de *nouvelles créations* « (des *actes* de même *nature* que la *Création*), » il » ne le fait jamais qu'en vue de l'Oeuvre de la » *Rédemption*, qui eft la plus grande de fes » Oeuvres, & comme nous l'avons dit, celle » à laquelle fe rapportent tous les *Prodiges* & » les *Miracles* divins. «

Ceci eft parfaitement d'accord avec l'*Art.* 7 de la même *Confeffion*, où BACON dit: » *Je* » *crois* . . . . que Dieu a donné des *Lois* con- » ftantes aux Cieux & à la Terre, & que ce » que nous nommons la *Nature*, n'eft autre » chofe que *ces mêmes lois.* « Cela eft auffi d'accord avec le fimple *Théisme* (s'il peut en fubfifter un, indépendant de la *Révélation*.) Car celui qui croit que l'Univers a été créé par un Etre intelligent, infiniment puiffant, bon

&

& fage, ne fauroit avec la moindre ombre de raifon, lui refufer le pouvoir de fuspendre, ou changer momentanément quelque part les *lois de la Nature*, pour manifefter fon *intervention* dans les affaires des hommes, s'il en a le deffein.

Quant à l'*Interprète* que j'examine, mettant à part la fupercherie de prêter à Bacon fes propres idées, il eft au moins très-conféquent. Il a imaginé que Dieu étoit un *grand reffort mécanique*, ou quelque chofe d'*équivalent*; de forte qu'il ne fauroit admettre que les *Miracles* foient *poffibles*. C'eft ce qu'il prend occafion de dire au fujet d'un autre paffage de Bacon, où ce Philofophe parle de quelques effets furprenans qui ont donné lieu à des *fuperftitions*, quoiqu'ils puffent provenir de *caufes naturelles*. Ici le Traducteur met en Note (Tome 1, p. 276.) ,, Tout *effet*, même très-naturel, ,, que nous voyons pour la première fois, & ,, qui dépend d'une *loi inconnue*, doit nous ,, étonner autant que le feroit ce que les *dé,, vots* appellent des *Miracles*, fi un *tel événe,, ment* étoit *poffible*. Or nous ne connoiffons ,, qu'un petit nombre de lois naturelles; nous ,, ne connoiffons point du tout la nature du ,, *principe moteur* de l'Univers, ni celui de no-

» tre propre corps: il eſt donc beaucoup de
» phénomènes qui font encore pour nous des
» *Miracles*. « Je n'ai pas deſſein de répondre ici
aux *Matérialiſtes* de cette claſſe; je le fais dans
mon propre ouvrage fur BACON; il me ſuffit de
montrer combien on le défigure, pour appuyer
un ſyſtème diamétralement oppoſé au ſien.

Quant aux *Prophéties*, l'*Interprète* s'eſt vu
obligé de combattre directement ſon original,
parce qu'il ne pouvoit ſe dispenſer de traduire
un chapitre de l'Ouvrage *de la dignité & accroiſ-*
fement des Sciences, dans lequel, ſous le titre
d'*Hiſtoire des Prophéties*, BACON dit ce qui ſuit
(Tome 1, p. 328). » La ſeconde partie, qui
» eſt l'*Hiſtoire prophétique*, eſt compoſée de deux
» hiſtoires corrélatives, ſavoir: la *Prophétie*
» même, & ſon *accompliſſement*. Le plan d'une
» telle Hiſtoire doit être, de réunir chaque
» *Prophétie* tirée de l'Ecriture ſainte, avec
» l'*événement* qui juſtifie la *prédiction*, & cela
» pour tous les âges du monde: tant afin
» d'*affermir la Foi*, qu'afin de pouvoir donner
» des *Règles*, & de former une ſorte d'art pour
» *interpréter* les *Prophéties* qui reſtent *à accom-*
» *plir;* mais il faut admettre dans ces choſes-
» là, cette latitude qui eſt propre & familière
» aux *Oracles divins*, & bien comprendre, que

„ leur *accompliſſement* a lieu, tantôt d'une ma-
„ nière continue, tantôt dans un temps
„ précis. „

Le Traducteur ne peut ſupporter que Bacon exprime ſi poſitivement ſa *croyance* aux *Prophéties*, & le contrediſe par là d'une manière ſi
formelle ſur ce qu'il lui fait dire dans le *Monologue;* de ſorte qu'il l'attaque ainſi dans une
Note. „ La *plupart* de ces *Prophéties* ſont ſi gé-
„ nérales, ſi vagues & ſi obſcures, que, prédi-
„ ſant *presque* tout, par cela même elles ne
„ prédiſent *presque* rien; & à cet égard elles
„ ont toute la perfection des *Oracles de Delphes;*
„ comme elles ont *à-peu-près* la même deſtina-
„ tion, celle d'engager les hommes à conſulter
„ plus ſouvent les *Prêtres* que leur propre ex-
„ périence & leur propre raiſon. „

Quelque hardieſſe qu'ait l'Auteur, la force
de la vérité à fait couler de ſa plume ces *la plupart, presque, à-peu-près*, qui renverſent ſeuls
ſon objection. Car Bacon veut écarter l'arbi-
traire dans l'explication ou l'application des
Prophéties: c'eſt de celles d'entr'elles où, viſiblement, l'*accompliſſement* a eu lieu, qu'il veut
qu'on tire des règles d'*interprétation* pour celles qui ne ſont pas encore accomplies: & il
donne ici la même règle qu'il preſcrit pour

l'étude de la *Nature;* à l'égard de laquelle il veut auſſi qu'on s'attache aux cas qui ne font ſuſceptibles d'aucune équivoque; ce qui à l'égard de la *Nature*, exige des cas où les *rapports* des *effets* avec des *cauſes* ſoient bien déterminés, pour pouvoir en déduire des règles, quant à la recherche des *Cauſes* inconnues.

La perſuaſion de BACON ſur la vérité des *Miracles* & des *Prophéties* eſt évidente, non ſeulement dans les paſſages que je viens de citer, mais dans tous ſes Ouvrages; & quant à la ſecte qui voudroit le mettre à ſa tête pour les nier, elle n'a jamais répondu à l'argument ſuivant. L'hiſtoire du *Déluge* dans la GENÈSE renferme une *Prophétie* qui ne peut être comparée aux *Oracles de Delphes;* c'eſt celle de l'*événement* annoncé à NOÉ pour qu'il s'y *préparât:* elle renferme auſſi un *Miracle* qui ne peut être expliqué par les *cauſes naturelles;* c'eſt la préſervation de l'*Arche* dans le bouleverſement de la ſurface de la terre. Or l'hiſtoire des Nations & celle de la Terre atteſtent ces deux grands faits; ce qui renverſe les argumens employés contre les *Prophéties* & les *Miracles* dont l'hiſtoire ſacrée fait le récit, & qui devroit diſſiper les doutes de ceux que ces argumens ont entraînés.

Ce n'eſt pas ſeulement quant à la *Sanction* de la *Morale*, c'eſt à l'égard des *Lois morales* elles-mêmes, que le Commentateur traveſtit les Ouvrages de Bacon, ſans ſe mettre en peine de ce que ſes lecteurs auront ſous leurs yeux la *Traduction* de ces Ouvrages, comptant ſans doute qu'ils n'y verront rien que par les ſiens.   Il faut donc auſſi à ce dernier égard, rapprocher ce que dit ce Philoſophe lui-même, de ce que le Commentateur lui fait dire dans le Monologue, ſavoir: „ qu'il ne „ croit pas néceſſaire de traiter la Morale *ex* „ *profeſſo* — qu'il ne fera point de *diviſions* — „ que quelques *maximes* bien *frappées*, bien „ *amenées*, même un peu *iſolées*, ſeront plus „ faciles à apercevoir & à retenir. „

Le traité de Bacon ſur la Morale, contenu dans les Livres vii & viii de ſon Ouvrage *de la dignité & accroiſſement des Sciences*, eſt l'un de ceux où il a mis le plus de *méthode*, par des *diviſions* & *ſubdiviſions*.   Là il examine d'abord, ſur chaque point, ce qu'ont dit les *Philoſophes;* & il n'y trouve que des *maximes* incohérentes, ſans ſolidité ni ſuffiſance pour les beſoins des hommes.   Voilà ſans doute ſur quoi ſeulement le Commentateur a fixé ſes regards, & il n'aura pas traduit *ſans répugnance* une partie toujours annexée à cette première, dont voici le plan. Après avoir montré, sur chacun de ces points, l'incertitude, la foiblesse qui régnoit parmi les *Philosophes*, BACON apporte les *décrets* de l'*Ecriture Sainte*, comme remplissant les *vues* de la *Sagesse suprême* pour les besoins des hommes. Je vais en donner des exemples, en citant le Tome III de la *Traduction*.

La première *division* de BACON, qui, après des remarques sur la manière ordinaire de traiter la *Morale*, embrasse tout l'objet, est en ces mots (p. 139.) » Ainsi nous *diviserons* la Mo-
» rale en deux *doctrines principales:* l'une qui
» traite du *Modèle* ou *Image* (Type) du *Bien;*
» l'autre du *régime* & de la *culture* de l'*Ame.* «
C'est sous ces deux chefs généraux qu'il renferme tout le sujet; & voici d'abord, quant au premier, ce qu'on trouve dans la même page.

» La doctrine du *Modèle*, c'est-à-dire
» celle qui envisage la *nature* du *Bien* & qui en
» fait l'analyse, le considère, ou comme *ab-*
» *solu*, ou comme *comparable*, (*comparatum,*
» comparé); je veux dire qu'elle considère,
» ou les divers *genres*, ou les différens *degrés*.
» Quant à cette dernière partie, qui a donné
» lieu à des disputes sans fin, & à ces éternel-

„ les spéculations sur le *suprème* degré du
„ *Bien*, que les anciens Philosophes quali-
„ fioient de *félicité*, de *béatitude*, de *souverain*
„ *bien*, & qui tenoient lieu de *Théologie* aux
„ Païens; le *Chriſtianisme* les a enfin termi-
„ nées & nous en a débarraſſés. Car de même
„ qu'ARISTOTE dit, qu'à la vérité les jeunes gens
„ peuvent être *heureux*, mais seulement par
„ *l'espérance;* de même auſſi, éclairés (*edoēti,*
„ inſtruits) par la *Foi chrétienne*, & devant tous
„ nous conſidérer comme autant d'*adoleſcens*
„ & de *mineurs*, nous ne devons aspirer qu'à
„ ce ſeul *genre* de *félicité* qui exiſte (*quæ ſita ſit,*
„ qui ſoit placée) dans l'*espérance.* „

Il n'y avoit aucun moyen, malgré l'affoi-
bliſſement des expreſſions dans la traduction,
d'effacer ici la *Foi* de ce Philoſophe; parce
qu'elle eſt fondée ſur une idée philoſophique
de la plus grande évidence, que je commen-
cerai de développer ici. Pourquoi ces *éternel-*
les spéculations ſur le *suprême degré du Bien?*
C'eſt que l'homme a une *capacité* pour le *bon-*
heur que rien ici-bas ne ſauroit remplir; ainſi il
chercheroit en vain la *félicité* ſur la terre. Son
Créateur l'a formé avec cette dispoſition,
parce qu'il le deſtinoit au *bonheur;* mais c'eſt
en faiſant naître chez lui l'*espérance;* ce qui ne

pouvoit être que par *Révélation*, & en lui donnant des *lois* à fuivre, pour le rendre capable
de jouir de cette *félicité*. Tel eft le plan du
Créateur, d'après les termes formels de l'*Ecriture fainte;* c'eft en particulier, comme je l'ai
fait voir, celui du *Discours fur la Montagne;* &
c'eft là le fens du paffage de BACON, comme
c.... le voir plus précifément au fujet des *dé-
grés du Bien*.

(*P*. 142.) » Quant à la nature du Bien *com-
» paré,* ils n'ont rien épargné non plus pour
» bien déterminer ce fujet : conftituant ces trois
» fortes de *devoirs* (*bonorum,* de *biens*) dont on
» a parlé. En faifant un parallèle de la vie con-
» templative & de la vie active : en diftinguant
» la vertu accompagnée de réfiftançe & de com-
» bats, de la vertu qui eft déjà affermie &
» dans un état de fécurité : en traitant des cas
» où l'utile & l'honnéte font en conflit, & ba-
» lançant l'une avec l'autre les différentes ver-
» tus, pour déterminer celle qui l'emporte fur
» les autres; & autres femblables. En forte que
» cette partie qui traite du *Modèle,* nous paroît
» avoir été bien cultivée, & que les Anciens,
» en traitant ce fujet, ont fait preuve de *talens*
» admirables : de manière pourtant que le *Chri-
» ftianisme* a laiffé bien loin les *Philofophes.* »

(P. 213.) „ PLINE fecond, ufant de cette
„ licence propre à la *pompeufe éloquence* des
„ *Païens*, préfente la *vertu* de TRAJAN, non-
„ feulement comme un Modèle d'*imitation*,
„ mais comme un Modèle de *vertu divine*, lors-
„ qu'il dit: que les hommes ne doivent plus
„ adreffer aux Dieux d'autre prière que celle-
„ ci; *qu'ils daignent fe montrer auffi propices &*
„ *auffi favorables aux Mortels, que* TRAJAN
„ *l'avoit été.* De telles expreffions fentent la
„ profane jaclance des Païens, qui, trompés
„ par certaines ombres plus grandes que les
„ corps, s'efforçoient vainement de les em-
„ braffer. Mais ce qui leur échappoit, la
„ vraie *Religion*, la fainte *Foi* du *Chriftianisme*
„ le faifit, en imprimant dans les *Ames* la *Cha-*
„ *rité;* & c'eft avec raifon qu'elle eft qualifiée
„ de *lien de perfeétion*, car c'eft elle qui lie en-
„ femble toutes les vertus. „

J'ajouterai encore fur le même fujet un
paffage qui eft relatif à la *culture de l'Ame.*
(P. 215.) „ L'*Ame* de tel homme que ce
„ puiffe être, fi elle eft *pénétrée* de la vraie *Cha-*
„ *rité*, s'élève à un plus haut degré de *per-*
„ *feétion* que par *tout l'appareil* de la *Morale*,
„ qui, comparé à ce *Maître*, n'eft qu'un *So-*
„ *phifte.* Difons plus: de même que XÉNO-

» PHON a ſi judicieuſement obſervé que les au-
» tres affections, bien qu'elles élèvent l'Ame,
» ne laiſſent pas que de la fatiguer, de la dés-
» accorder par leur ivreſſe & leur excès, mais
» que le ſeul *Amour* peut tout-à-la-fois la di-
» later & la mettre d'accord: c'eſt ainſi que
» toutes ces autres facultés humaines qui ſont
» l'objet de notre admiration, tout en nous
» donnant une certaine élévation, ne laiſſent
» pas d'être ſujettes à l'*excès*; mais la *Charité*
» n'eſt point ſuſceptible d'*excès*. Les ANGES,
» en aſpirant à une *Puiſſance* égale à celle de
» la Divinité, prévariquèrent & déchurent:
» *Je m'élèverai, & ſerai ſemblable au Très-Haut.*
» L'HOMME, en aſpirant à une *Science* égale à
» celle de Dieu, prévariqua & déchut auſſi:
» *Vous ſerez ſemblables à des Dieux, connoiſſant*
» *le Bien & le Mal.* Mais en aſpirant à devenir
» ſemblables à Dieu par la *Bonté* & la *Charité*,
» jamais ANGE ni HOMME ne fut, ni ne ſera en
» danger. C'eſt même à cette imitation que
» nous ſommes exhortés: *Aimez vos ennemis;*
» *faites du bien à ceux qui vous haïſſent, & priez*
» *pour ceux qui vous perſécutent: afin d'être vrai-*
» *ment enfans de votre Père qui eſt dans les Cieux,*
» *qui fait luire ſon ſoleil ſur les bons & ſur les*
» *méchans, & pleuvoir ſur les juſtes & ſur les*

» *injuftes.* Difons encore plus: dans l'arché-
» type même de la *nature divine*, le Paganisme
» plaçoit les mots fuivans (*optimus, maximus*)
» *très - bon, très - grand:* or l'Ecriture fainte
» prononce que *fa miféricorde eft au-deffus de
» toutes fes Oeuvres.* »

Dans tout cet enfemble, où (indépendam-
ment de fes déclarations formelles) BACON manifefte fi bien fa *Foi* en la *Révélation* par des
motifs moraux, il eft de plus très - conféquent
avec ce qui précède. On a vu qu'il exalte le
Chriftianisme par deffus tous les efforts des
Philofophes pour déterminer le *plus grand bien*
ici-bas; parce qu'il place ce *bien* dans *l'efpérance,* dont il rend les hommes certains pour
la vie à venir, afin qu'ils s'attachent à prati-
quer la *vertu,* pour fe rendre fufceptibles des
biens que leur *Père célefte* leur prépare. Or
dans cette vue, le plus grand moyen de *culture* de l'*Ame,* c'eft de la *pénétrer* de la vraie
Charité: car ce qui nous eft enfeigné comme
conftituant la bafe de la félicité annoncée aux
hommes dans la vie à venir, eft l'*Amour* de
Dieu, de leur Sauveur & des Etres vertueux:
ils doivent par conféquent travailler à fe rendre fufceptibles de cet *Amour,* en pratiquant
la vraie *Charité;* & ils peuvent en apercevoir

la raifon, en éprouvant que fes effets chez eux - mêmes dès cette vie, font des *avant-goûts* de la félicité future.

En fondant ainfi la *culture* de l'*Ame* fur les inftructions de l'*Ecriture fainte*; BACON eft bien loin cependant d'en exclure l'ufage de la *Rai-fon*; & au contraire, en indiquant fon ufage, il détermine ce que les Théologiens chrétiens chargés de l'inftruction du Peuple, peuvent ajouter à la lecture des fanctions de l'*Ecriture fainte*, pour les imprimer plus profondément dans les âmes. Voici un paffage qui fe rapporte à cet objet, à l'occafion de ceux qui *délibèrent fur les parties de la vie*, mais qui *n'envifagent pas fa fomme*.

(P. 186.) „ Si quelqu'un nous objecte, „ que la *culture des Ames* appartient à la *Théo-* „ *logie facrée*, c'eft ce que nous n'avons garde „ de contefter: « (*veriffimum eft quod afferit*, ce qu'il affirme eft très-vrai.) „ Mais qui em- „ pêche la *Théologie facrée* de recevoir à fa „ fuite la *Philofophie morale*, à titre de pru- „ dente domeftique, de fuivante fidèle & tou- „ jours prête à obéir au moindre figne? En „ effet le Pfeaume dit: *que l'oeil de la fervante* „ *regarde continuellement aux mains de fa maî-* „ *treffe*, quoiqu'il foit hors de doute qu'il eft

» une infinité de chofes qu'on abandonne à la
» prudence de la fervante: de même la *Philofo-*
» *phie morale* doit obéir à la *Théologie*, & être
» docile à fes préceptes, de manière pourtant
» que, fans fortir de fes limites, elle peut ren-
» fermer des enfeignemens fains & utiles. «

Il reconnoît encore l'utilité de la *Philofo-*
phie morale dans une partie difficile de la *cul-*
ture de l'Ame, qui confifte à lui apprendre *à*
racheter le paffé, &, *en fe faifant un nouveau*
plan de vie, à recommencer, pour ainfi dire, de
vivre; mais il fubordonne encore fa fonction à
la *Théologie facrée.* » Cette partie (dit - il,
» p. 211) femble appartenir proprement à la
» *Religion;* & c'eft ce qui ne doit pas étonner,
» vu que la *Philofophie morale* pure & véritable,
» comme nous l'avons dit, ne fait, à l'égard
» de la *Théologie,* que le fimple office de fer-
» vante. «

Mais quant à la bafe même de la *Morale fo-*
ciale, celle qui doit remplir les vides inévita-
bles dans les légations civiles; favoir, la *préfé-*
rence du bien commun au bien particulier; il ne
reconnoît que les ordres pofitifs de Dieu dans
la *Révélation,* qui puffent fervir efficacement
fur cet objet à la *culture de l'Ame.* » Dans
» toute l'étendue des fiècles (dit-il p. 146) on

» ne trouve point de *Philofophie* ou de *Secte,*
» point de *Religion*, point de *Loi* ou *Difcipline,*
» qui ait, autant que la *Sainte Foi chrétienne,*
» exalté le *bien commun*, & rabaiffé le *bien in-*
» *dividuel.* Par où nous voyons clairement,
» que c'eft un feul & même Dieu, qui a établi
» dans la *Nature* ces lois auxquelles toute
» Créature eft foumife, & donné aux *hommes*
» la *Loi chrétienne.* «

Bacon traite auffi de la *Doctrine générale des Affaires*, renfermant la *Politique ;* & en la con-fidérant d'abord comme *Science humaine*, il ex-pofe les règles de la *prudence* & de la *Morale* fuivant les maximes des hommes; mais il **y** fait enfin intervenir la *Morale facrée*, comme fa feule bafe légitime & folide; en voici deux exemples.

(P. 324.) » *Connois - toi toi - même,* n'eft
» pas feulement une règle générale de *pru-*
» *dence*, mais un précepte qui tient le premier
» rang dans la *Politique.* St. Jaques nous don-
» ne, à cet égard, cet utile avertiffement;
» *que celui qui fe regarde dans un miroir, oublie*
» *auffitôt l'air de fon vifage;* en forte que c'eft
» une néceffité de s'y regarder fouvent. Mais
» fans doute les *miroirs* font différens: car le
» divin *miroir* où nous devons nous regarder,

» c'eſt la *Parole de Dieu;* mais le miroir du Po-
» litique n'eſt que *l'état actuel des choſes & le*
» *temps où il vit.* «

(P. 366.) » Que les hommes s'appuient
» donc ſur cette *pierre,* qui eſt comme la
» pierre angulaire de la *Théologie* & de la *Phi-*
» *loſophie;* deux Sciences qui s'accordent.pres-
» que, par rapport à ce qu'on doit chercher
» en premier lieu. Car la *Théologie* nous dit
» (*edicit,* nous ordonne) *de chercher d'abord le*
» *Royaume de Dieu, & que tout le reſte nous ſera*
» *donné.* Puis vient la *Philoſophie* qui nous dit:
» *Cherchez d'abord les biens de l'âme; quant aux*
» *autres biens, ou ils viendront auſſi, ou ils ne*
» *vous nuiront pas.* Mais ce ſondement poſé
» par la main humaine, repoſe de temps en
» temps ſur le *ſable;* comme on le voit par
» l'exemple de MARCUS BRUTUS, qui, un in-
» ſtant avant ſa mort, laiſſa échapper ce mot:
» *Je t'ai adorée, ô Vertu! comme quelque choſe de*
» *réel, mais tu n'es qu'un vain nom.* Au lieu que
» le fondement poſé par la main divine, re-
» poſe toujours ſur la *pierre.* «

J'invite le lecteur à comparer cette *Morale*
avec celle qu'on a fait projeter à BACON dans
le *Monologue.*

PARTIE IV.

Comparaison de BACON *à son* INTERPRÈTE, *sur les objets réunis du* SACERDOCE & *du* GOUVERNEMENT (*ou Nouvelle Atlantide*).

———

BACON ne traite dans aucune partie de ses Ouvrages, ni des *formes de gouvernement*, ni de la préférence des unes aux autres: cependant son *Interprète* lui attribue à cet égard de grands desseins, précédés, dans le *Monologue* qu'il lui prête, du plan d'un Ouvrage allégorique, qu'il lui fait former dans les termes suivans (p. xxxvii de la Préface.)

   » Enfin, dans un Ouvrage qui aura pour
» titre: *la nouvelle Atlantide* (par allusion à
» celle de SOLON & de PLATON), pour montrer
» plus précisément *ce que j'ai en vue*, je donne-
» rai, pour ainsi dire, un corps à mes idées;
» & je *mettrai en action* les diverses règles ou
» maximes de *Morale*, de *Politique*, de *Physi-*
» *que* & de *Logique* répandues *dans mes Ecrits.*
» Je supposerai cette *Isle* gouvernée par une
» *Constitution politique* fort analogue à celle de
» l'*Utopie* de MORUS, l'un de mes prédécef-
            » seurs:

„ feurs: *Conſtitution* qui ne fera qu'une eſpèce
„ de *Chriſtianisme réaliſé*, mais dégagé de toute
„ *opinion ſuperſtitieuſe*, purifié de toute obſer-
„ vance monacale, & *égayé* par des *cérémonies*
„ & des *fêtes* ſemblables à celles du *paganisme*
„ *des Grecs*, où les *préſens de la Nature*, les
„ *bienfaits de ſon Auteur*, les *droits* & les *devoirs*
„ primitifs de l'Homme, ſeront figurés par les
„ *vêtemens*, les *attributs*, les *geſtes*, l'*ordre* &
„ tous les *mouvemens* des *perſonnages* mis en
„ action; par des *types* & des *emblèmes* de toute
„ eſpèce. Dans la même *Ile*, ſera une ſorte
„ d'*Inſtitut ſcientifique*, compoſé en partie
„ d'hommes entretenus aux dépens du tréſor
„ public, lesquels n'auront d'autre profeſſion,
„ d'autre occupation que la culture des ſcien-
„ ces, & des arts appliqués à l'utilité com-
„ mune . . . pour exécuter ce que j'aurai con-
„ ſeillé dans les différentes parties de ma
„ *grande reſtauration des Sciences;* & en partie
„ de ſavans voyageurs, deſtinés à parcourir
„ toutes les contrées des deux continens . . .
„ mais avec des précautions à l'aide desquel-
„ les l'*Ile* demeure à jamais inconnue à ces
„ nations, de peur qu'en apportant leurs con-
„ noiſſances dans l'*Ile*, ils n'y apportent des
„ vices. «

G

Voilà donc où l'on devra voir *en action* tous les principes *politiques*, *religieux* & *scientifiques* de Bacon répandus *dans ses divers Ecrits;* & auſſitôt l'*Interprète* lui fait réſumer ces *principes* à lui-même. Je vais copier cette horrible partie du prétendu *Monologue;* aſſez du moins pour qu'on puiſſe y voir les propres vues de cet homme inſidieux, & ainſi, ce dont la *jeuneſſe françoiſe* devroit être abreuvée, de même que celle des autres nations qui tomberoit ſous les mains de tels maîtres, parlans au nom de Bacon: j'y laiſſerai des lacunes, que le lecteur ſuppléera aiſément, après lui avoir dit, que je le fais en partie pour lui épargner, comme à moi, des émotions pénibles.

„ Comme dans ces divers *Ecrits*, que je
„ publierai ſucceſſivement, je ne dirai que la
„ vérité, ſans flatter les paſſions humaines, je
„ ne ferai point ſecte, j'aurai peu de diſciples,
„ & je ſerai froidement accueilli, ſurtout par
„ les Savans, dont je dévoilerai les erreurs, &
„ que je forcerai, pour ainſi dire, à ſe remet-
„ tre à l'*a, b, c.*

„ Parlant à un *Roi* théologien & dévôt,
„ devant des *Prêtres* tyranniques & ſoupçon-
„ neux, je ne pourrai *manifeſter entièrement*
„ mes opinions; elles heurteroient trop di-

” rectement les préjugés dominans. Obligé
” de m'envelopper dans des expreſſions *géné-*
” *rales*, *vagues*, & même *obſcures*, je ne ferai
” pas d'abord *entendu;* mais j'aurai foin de *po-*
” *ſer les principes* dont ces vérités, que *je n'oſe-*
” *rai dire*, feront les conféquences *éloignées*, &
” tôt ou tard, ces conféquences feront *tirées.*

” Par exemple, je n'expoſerai pas ouverte-
” ment *les droits de l'Homme*, ni les *moyens vio-*
” *lens & perfides* qui ont été ſucceſſivement
” employés pour effacer jusqu'au ſouvenir de
” *l'égalité primitive*, pour *aſſervir les Nations,*
” & *perpétuer la ſervitude;* parce qu'en rappe-
” lant trop *tôt* & trop *clairement* aux hommes
” tous leurs *droits*, on ne fait ainſi que les ex-
” citer à oublier leurs devoirs actuels, & aver-
” tir leurs *tyrans* de ſe fortifier. Avant de dé-
” noncer les *derniers*, & d'offrir aux hommes
” la *Liberté*, ou de les *forcer*, par une *ſainte*
” *violence*, à l'accepter, il eſt bon de leur ex-
” pliquer, avec un peu de netteté & de préci-
” ſion, ce que c'eſt que cette *Liberté* qu'on
” leur offre, *l'épée* ou le *livre* à la main; de
” peur qu'ils ne la confondent avec la *licence,*
” qui eſt préciſément l'oppoſé. . . . Je les
” mettrai en état de ſe dire à eux-mêmes ce
” que je n'aurai *oſé* leur *dire publiquement:* car

» leur attention fe portera d'abord vers ce qui
» les intéreffe le plus, favoir *leurs droits;* une
» fois rendus capables de les chercher eux-
» mêmes, il les chercheront, & par confé-
» quent ils les trouveront; ils les trouveront
» un jour, & le lendemain ils apprendront à
» les défendre.

» Ainfi fans attaquer directement le *Trône*
» ni l'*Autel*, qui aujourd'hui appuyés l'*un fur*
» *l'autre*, & repofant tous deux fur la triple
» bafe d'une *longue ignorance*, d'une *longue*
» *terreur* & d'une *longue habitude*, me paroif-
» fent inébranlables, tout en les refpectant
» *verbalement*, je *minerai* l'un & l'autre par mes
» *principes.* Car le plus fûr moyen de *tuer* du
» même coup & le *Sacerdoce* & la *Royauté*, fans
» *égorger* aucun individu, c'eft de travailler,
» en *éclairant* les hommes, à rendre à jamais
» inutiles & les *Rois* & les *Prêtres*, leurs flat-
» teurs & leurs complices quand il défefpè-
» rent de devenir leurs maîtres. . . .

» Si l'on tente d'affranchir avant le temps
» la *Nation angloife*, les lois d'une *Républlique*
» n'étant pas affez *réprimantes* pour des *enfans*
» *bercés* tour-à-tour par un *Despote* & par des
» *Prêtres*, on ne fera qu'*arrofer avec du fang*

» les *vices* qu'auront *plantés* de concert le *Sacer-*
» *doce* & le *Despotisme;* la Nation régénérée
» *dans ce fang,* le portera à des excès qui fe
» fentiront de cette horrible *régénération;* &
» ces *vices* que le *Despote,* en fuyant, laiffera
» derrière lui, l'auront bientôt rappelé.....

» Avant que d'entreprendre cette pénible
» marche vers la *liberté,* attendons *qu'il foit*
» *jour;* en attendant un peu, nous nous fe-
» rons un chemin plus facile, & nous n'aurons
» que la peine d'*accepter,* ce qu'en nous pref-
» fant trop, il nous faudroit *arracher. . . .*
» Homme *de paix,* par état & par goût, dois-
» je éveiller dans le coeur de mes Concitoyens
» les paffions *féroces?* Non. . . . . . . Tout
» homme qui s'eft mis dans le cas d'*égorger* fes
» femblables, ou de *commander le meurtre,* par-
» tage toujours *un peu* le *crime* qu'il punit.....
» Par-tout où je vois une *grande effufion de fang,*
» je me dis: Il y a là un but faux, ou de fauf-
» fes mefures. L'*Epée* peut tout au plus *com-*
» *mencer* l'affranchiffement univerfel; mais la
» Raison & la Vertu feules peuvent l'ache-
» ver. . . . . Un jour par le bienfait de l'art
» *typographique* . . . . mais plus encore par un
» *judicieux fyftème d'Education,* & à l'aide d'une
» *Société de vrais philanthropes* qui répandront

» les *vérités*, mères de la *liberté & de l'égalité,*
» dans tous les rameaux de la grande famille du
» genre-humain, sans en dédaigner aucun,
» employant pour *détromper les hommes*, le
» moyen même si long-temps employé pour
» *planter, propager & éternifer l'erreur;* . . . .
» s'opérera lentement une *révolution paifible*
» qui *ne coûtera pas une goutte de fang.*

» Cette lente infurrection de la RAISON &
» de la VERTU contre les *préjugés* & la *double*
» *tyrannie* qu'ils fortifient & qui les fomente,
» me paroît affurée. Je *vois* agir les caufes qui
» la néceffitent dans l'avenir; & quoique je
» ne puiffe pas déterminer le *temps précis* où
» elle aura lieu, la mefure de ces caufes
» m'étant inconnue, je dois néanmoins la *pré-*
» *voir*, la *fouhaiter*, la *préparer*, & travailler *in-*
» *vifiblement* à en avancer l'époque. Le vrai
» moyen d'*agir puiffamment*, c'eft de *cacher la*
» *main qui agit.* Ainfi je me garderai de *pré-*
» *dire* ce grand *événement*, une telle *prédiction*
» pourroit y mettre obftacle; & je m'impoferai
» fur ce dangereux fujet le plus *religieux filen-*
» ce, de peur d'*ébranler les Sociétés jufques dans*
» *leurs fondemens.* Mais ce que je ne dirai pas
» *ouvertement*, je l'indiquerai affez *clairement*
» pour que dans chaque nation & chaque fiè-

» cle, les meilleurs efprits me devinent aifé-
» ment. . . . "

Bacon *cachoit* fi bien ces chofes, qu'il di-
foit précifément le contraire, comme on va le
voir: mais la Secte à laquelle cet Auteur appartient ne les *cache* plus, parce qu'elle croit
le *temps* arrivé, & que tout eft prêt pour l'*exécution*. Mériteroit-on d'échapper, fi l'on étoit
fourd à fa voix? Ajoutons ici un trait qui précédoit cette horrible tirade (*Préface* p. xxxii).

» Ces explications & cette analyfe fe feront
» jour peu-à-peu; tôt ou tard elles *parviendront*
» *au Peuple*, du moins en partie, & il perdra
» par degrés cette *foi ftupide*, qui multiplie
» cent fois plus fes *terreurs* que fes *espérances*,
» qui perpétue fa *fervitude*, & qui n'eft utile
» qu'aux *Prêtres*. Il n'invoquera plus l'auteur
» de fon être qu'en obéiflant à fes lois & jouif-
» fant de fes bienfaits; il jeûnera moins, mais
» il faura ce qu'il doit faire; & dès qu'il le faura,
» ce *Trône myftérieux* que le *fer* n'a pu ébranler,
» le *ridicule* le renverfera, & la *Philofophie*
» achèvera ce qu'il aura commencé. . . . . "

» Ainsi se parloit a lui-même le Chancelier
» Bacon. . . . " Quelle audace! Quelle per-
fidie de faire tenir un tel langage à ce grand
homme!

Quand on réfléchit à cette fupercherie, on ne fauroit déterminer ce qui afflige le plus pour les hommes, ou l'exiftence dans la Société d'un projet tel que celui qu'on prête ici à BACON, ou le mépris qu'on montre pour elle & pour tous ceux qui la gouvernent, en menaçant fi ouvertement ces derniers, & entreprenant de tromper les autres d'une manière fi groffière. C'eft dans fa *Nouvelle Atlantide* que les plans fuppofés à BACON par le prétendu *Monologue* devroient être vus *en action:* eh! qui pourroit douter qu'on ne les y vît en effet! Pourroit-on fuppofer, qu'en annonçant la traduction de l'Ouvrage même, on ofât le défigurer en tout? Ceux qui connoiffent cet Ouvrage, & qui fentiront qu'il ne s'agit pas de moins que de transformer un *Ange de lumière* en un *Ange de ténèbres*, demanderont dans leur furprife: Si l'on fe propofe donc de le *travestir* entièrement? Oh! non: on a compté qu'il fuffiroit aujourd'hui de *dire* hardiment qu'il eft *noir*, pour qu'on ne vît plus qu'il eft *blanc:* quelques *mots* fans doute, changés ou ajoutés dans la *traduction*, & quelques *notes* critiques ou ironiques, feront des *taches* fur fon vêtement; & quelques-uns de fes *traits*, inférés artiftement dans l'horrible *portrait* qu'on en préfente, fuffiront (on efpère) pour que la *gent moutonnière* des hommes, conduite par des *loups* en *habits de bergers*, foit menée où bon leur femblera. Ils ont déjà des preuves du fuccès d'une telle entreprife, par celui d'une Secte de Théologiens qui transforme nos *Livres facrés* en des Ouvrages tels que ceux d'OVIDE ou d'HOMÈRE, & fonde ainfi la *Morale* fur le brouillard d'une *fiction*, fans qu'une *réclamation publique* ait mis fin à de tels attentats; ainfi ils fe perfuadent, qu'aujourd'hui on peut tout tenter fur les hommes.

D'ailleurs, on n'annonce que pour le *X*me Volume, la traduction de la *Nouvelle Atlantide*; & l'on efpère qu'avant fa publication, les principes prêtés à BACON auront fait affez de chemin dans les efprits, pour que la plupart des lecteurs fe contentent de parcourir cette Allégorie, affez longue, & qui deviendra faftidieufe dès qu'on croira en avoir la *clef*. C'eft ce qu'on voit par le même exemple: l'*Hiftoire facrée* n'eft plus lue par ceux à qui l'on a fait accroire qu'elle n'étoit qu'une *Mythologie*; opinion fi propre à feconder tous les projets des hommes de cette claffe, que c'eft-là le vrai motif qui les a portés à l'audace de la faire appuyer par BACON. Dans ce deffein, & ayant particulièrement en vue ceux qui *n'ont pas le loisir de l'étudier*, l'Auteur a dit que ce Philosophe ne vouloit que *feindre*, quand il parloit des *Mystères* du Christianisme : or ils trouveront la *fiction* beaucoup trop longue & fort peu *intéressante* dans la *Nouvelle Atlantide*, comme il arrive à l'égard de nos Livres sacrés ; ils feuilleteront donc cet Ouvrage, cherchant de page en page ce qu'on leur a annoncé qu'ils y trouveroient, & ils arriveront ainsi à la dernière sans y avoir rien compris.

Voilà sûrement sur quoi l'on compte ; car aucune autre espérance ne sauroit fonder une telle témérité. C'est pourquoi je donnerai une esquisse fidèle de cet Ouvrage, afin du moins que ceux qui, ayant encore le sentiment de la dignité de l'Homme, n'aiment pas à être pris pour dupes, puissent comparer entr'elles & avec l'Original, ces deux Esquisses de l'Ouvrage dont on annonce la traduction : car je doute qu'on trouve une défiguration aussi hardie dans toute l'Histoire des Lettres. Mais je dois faire précéder mon esquisse d'une remarque générale.

En cherchant ce qui pouvoit fonder l'espérance de l'Interprète, qu'au moyen de la *Carte* qu'il prétend donner à ses lecteurs des travaux de Bacon, & du *Flambeau* qu'il place à l'entrée *de la route*, ils verroient entr'autres le projet de *renverfer* les *Gouvernemens* actuels, dans des Ouvrages où il n'eft pas même queftion des *Gouvernemens*, je n'ai trouvé à éclaircir qu'un objet général. Car quant aux détails, l'Interprète a pris foin de les rendre impoffibles fans un Volume de citations & de commentaires, comme il arrive dans toute affertion purement gratuite. Un homme qui auroit confervé le moindre refpect pour le Public, mettant dans la bouche de Bacon des *vues* fecrètes, que de fon temps il n'*ofoit* manifefter *ouvertement*, mais dont on trouveroit les *indices* dans fes Ouvrages, auroit mis des *renvois* à celles de leurs parties où cela fe manifeftoit; & il n'y en a aucun dans tout l'artificieux *Monologue*. On ne peut donc que *nier* formellement toute *vue fecrète* de Bacon, & fommer d'en montrer dans fes Ouvrages. Mais je veux au moins prévenir l'illufion que pourroit produire un *mot*, fouvent employé par Bacon quand il traite des Lois *civiles*, (& nulle part de Lois *politiques*): *mot* qui aujourd'hui s'affocie à beaucoup d'idées; c'eft celui de *République* en françois, & dans l'Original *Respublica*; par où Bacon n'entend jamais que *la Chofe publique*, fuivant l'étymolo-

gie du mot. Une feule preuve fuffira, outre
tout le fens des paffages où ce mot fe trouve;
c'eft que s'adreffant au *Roi* en latin (comme
il le fait dans tout l'Ouvrage), il lui préfente la
Res-publica comme l'objet qui lui eft le plus
cher. Cet exemple fervira peut-être à fixer
l'attention fur d'autres *mots* ou *paffages* dont
l'Interprète pourroit fe fervir pour conduire à
l'erreur.

NOUVELLE ATLANTIDE DE BACON.

Je viens maintenant à cette *Allégorie*, dans laquelle, fuivant le prétendu *Monologue*, BACON
doit avoir *mis en action* fes règles fur trois objets
principaux. 1. Des *principes* de *Conftitution politique*, qui rendent *inutile* la *Royauté*. 2. Un
Chriftianisme réalifé; c'eft-à-dire, *dépouillé* de
tout ce qu'on lui fait nommer *opinions fuperfti-
tieufes*. 3. Ce même *Chriftianisme*, comme *Religion* du pays, *égayé* par des *cérémonies* & des
fêtes femblables au *paganifme des Grecs*. Voilà
trois objets bien précis, ainfi je fuivrai cette
divifion dans l'efquiffe de la *Nouvelle Atlantide*.

1. Dans cette Allégorie on ne trouve pas
un feul mot, qui tende à établir des *principes* de
Conftitution politique; ici, comme par-tout ail-

leurs, il eft évident, que BACON ne s'en eft jamais occupé. Mais on voit dans tout l'enfemble de cet ouvrage une chofe bien frappante, & par laquelle il fembleroit qu'il eût prévu qu'on lui feroit dire un jour, que les *Monarchies* étoient un des grands *maux* de l'Humanité. Dans cette *Ile* imaginaire, où il étoit bien le maître d'établir tel *Gouvernement* qu'il auroit voulu, fans qu'on pût rien lui reprocher, il le fait *monarchique*, avec tous les détails propres à faire aimer ce genre de *Gouvernement*, fans le comparer néanmoins à aucun autre.

Cette *Ile*, fuppofée très-vafte, n'eft pas feulement gouvernée par un *Roi* au moment où des Étrangers y abordent; mais ils apprennent qu'elle l'a été par une fuite de *Rois* qui remonte à plus de *dix-neuf fiècles :* que vers ce temps-là un *Monarque*, dont la mémoire eft en vénération dans l'*Ile*, en fut le *Législateur ;* & que fes *Lois* ont fait dès lors la règle de fes *Succeffeurs* & du *Peuple*, qui vit fi heureux fous ce *Gouvernement*, que c'eft une des raifons de ce qu'il avoit réfolu dès long-temps de fe faire oublier des autres Nations, afin de ne pas participer à leur inconftance, fuite de leurs vices : & la manière dont on verra qu'ils ont réuffi dans ce plan, fera une preuve directe de leur bonheur. Telle eſt l'*Utopie* préſentée par BACON dans la *Nouvelle Atlantide;* ce n'en n'eſt pas feu‑lement l'*esquiſſe*, mais le *tout*, & on la verra régner dans tout l'enſemble de la fiction. Par quel artifice l'*Interprète* pourra‑t‑il faire dispa‑roître un trait caractériſtique ſi fortement pro‑noncé?

2. Quant au *Chriſtianisme* profeſſé dans cette *île*, rien non plus ne conduit BACON à parler du *Culte* qui l'y accompagne; mais il amène des circonſtances qui en montrent à la fois, & la *nature* & les *effets*. C'eſt ce qui ſe manifeſte d'abord très‑préciſément dans ce qui ſe paſſe à l'arrivée des Étrangers qui font la dé‑couverte de l'*Ile*, après une fort longue navi‑gation dans laquelle ils avoient perdu leur rou‑te, & au moment où, toutes leurs proviſions étant conſumées, ils étoient prêts à mourir de faim.

Tandis que les gens du vaiſſeau délibé‑roient ſur la manière d'aller à terre avec pré‑caution, ils virent un esquif, parti de l'Ile, s'approcher d'eux: lorsqu'il fut ſous le vaiſſeau, le plus apparent des hommes qu'il portoit, te‑nant en ſa main un roſeau teint en bleu aux deux extrémités, y monta immédiatement, ſans préliminaires, & remit au premier homme de l'équipage qui s'offroit à lui, un rouleau de parchemin, muni d'un Sceau, qui repréfentoit des *ailes de chérubin* & une *croix*. Ce rouleau, écrit en langues *hébraïque, grecque ancienne,* & *espagnole,* renfermoit la demande de ce dont l'équipage pouvoit avoir befoin, & l'offre de l'apporter au vaifleau. La réponfe fut en espagnol; l'offre y étoit acceptée avec reconnoiffance; mais on repréfentoit, qu'il y avoit des malades à bord, pour qui il étoit très-néceffaire d'aller à terre. Alors l'esquif y retourna, & l'équipage demeura trois heures fans apprendre fon fort, ce qui le tint dans une grande inquiétude.

Enfin on aperçut deux nouveaux esquifs: l'un qui précédoit, étoit petit & fort orné, il renfermoit quatre perfonnes, dont l'une étoit un Magiftrat vénérable, décoré des habits de fa charge; l'autre esquif étoit plus grand, & contenoit une vingtaine d'hommes. Dès que le premier esquif fut à portée, le Magiftrat fit figne que quelqu'un du vaifleau vînt à lui. Le Capitaine & quatre autres de l'équipage fe mirent dans leur chaloupe, & voguèrent vers les esquifs; mais quand ils furent à la portée de la voix, le Magiftrat leur dit, de ne pas approcher davantage, jusqu'à ce qu'ils euffent répondu à une première queſtion. — *Etes-vous Chrétiens?* leur demanda - t - il. La réponſe qui lui fut faite, le ſatisfit beaucoup, non en elle-même ſeulement, mais par ſa forme: *Nous ſommes Chrétiens* (répondit le Capitaine), *& déjà nous n'avons rien craint de votre part, ayant vu une* CROIX *dans le ſceau du rouleau qui nous a été envoyé.* » Cela étant « (dit alors le Magiſtrat) » Si vous jurez *par les mérites de Notre - Sauveur* » que vous n'êtes pas *pirates* . . . vous aurez la » permiſſion de venir à terre. « Sur l'acceptation de leur part, un homme de juſtice dreſſa le verbal de ce premier engagement, & le ſerment fut mutuellement prêté, *au Nom de Jéſus, Fils de Dieu, & de ſes mérites.* Par où BACON exprime bien fortement ſa perſuaſion, qu'il ne ſauroit y avoir de *confiance* entre les hommes, ni aucun des actes qui en découlent & qui pourtant ſont le ſeul lien des ſociétés, à moins qu'ils ne ſoient convaincus en commun, qu'il exiſte un Etre ſuprême, vengeur du menſonge & de la violation des engagemens; & que cet Etre ne ſoit pris ſolennellement à témoin dans toutes les occaſions importantes.

Après cet acte, les esquifs retournèrent à terre; & quelque temps après, le premier homme portant le roſeau, revint à eux pour

accom-

accompagner à terre le Capitaine, les malades & tous ceux de l'équipage qui purent y venir: ils furent logés, hors de la ville prochaine, dans un vafte & commode Hofpice, abondamment pourvu de domeftiques & de tout ce qui étoit néceflaire pour ceux qui étoient en fanté & pour les malades; fous leur promeffe, de n'en pas fortir de trois jours. Au bout de ce temps-là, ils eurent la vifite d'un *Prêtre* (*Presbyter chriftianus*) vêtu fuivant fon état, ce dont je dirai feulement, qu'il avoit une *croix rouge* fur le devant d'une forte de bonnet. Cet *Eccléfiaftique* étoit le chef de l'Hofpice, & il venoit annoncer aux Etrangers la permiffion d'y demeurer fix femaines; ajoutant: » que la *loi* » *du Royaume* n'étoit pas très-févère à cet » égard; « & leur faifant comprendre, que leurs principes & leur conduite décideroient des prolongations & autres faveurs qu'ils pourroient efpérer. En attendant il leur donna la permiffion de fortir de l'Hofpice, mais fous la condition de n'approcher de la ville qu'à une certaine diftance fixée. Senfibles à fa bonté, ils le prièrent de vouloir accepter, comme témoignage de leur reconnoiffance, ce qui pourroit lui faire plaifir entre les diverfes chofes qui étoient de leur commerce; fur quoi il leur

H

répondit: » Vous ferez libres d'offrir vos mar-
» chandifes aux habitans de l'Ile, contre leur
» prix; mais quant à moi, appartenant au *Sa-*
» *cerdoce*, je n'attends de vous que le falaire
» d'un *Prêtre*, votre *amitié fraternelle.* « Ils
effayèrent alors de faire accepter quelque chofe par un fubalterre qui les fervoit fous fa direction; mais il leur répondit: » Je ne rece-
» vrai pas *deux falaires* d'un *fervice;* c'eft affez
» *du plaifir de le rendre.* « Et c'eft par cet homme qui, fans autre motif poffible que fon propre fentiment, rend ici le *Sacerdoce* fi refpecta-
ble, qu'on le fait préfenter comme un des
fléaux du genre humain!

Le même *Prêtre* revint le jour fuivant, dans
l'intention, dit-il, de paffer quelque temps
avec eux; ajoutant, qu'ils devoient naturellement avoir des queftions à lui faire fur l'*Ile*, &
qu'il étoit prêt à leur répondre autant que cela
pourroit s'accorder avec fon devoir. Après lui
avoir témoigné leur reconnoiffance de ce nou-
vel acte de bonté, le premier objet pour lequel
ils en profitèrent, fut celui-ci: » Puisque
» nous fommes *Chrétiens* les uns & les autres
» (dirent-ils), & que pourtant votre terre eft fi
» éloignée de celle que *Notre-Sauveur* a ha-
» bitée tandis qu'il étoit *en la chair:* permet-

» tez que nous vous demandions: quel a été
» l'*Apôtre* de votre nation? Comment la *Foi*
» *chrétienne* a-t-elle été annoncée dans cette
» Ile? « Etrange queſtion, introduite par un
homme à qui l'on a fait dire que le *Chriſtia-*
nisme a pour *ſol* natal le *Coeur humain!* & non
moins étrange réponſe du *Prêtre*, qui commença par ces mots: » Vous vous êtes forte-
» ment attachés mon coeur, en faiſant de cet
» objet votre première queſtion; car vous me
» donnez par là une preuve naïve, que vous
» *cherchez premièrement le Royaume de Dieu.* «
Alors la plus entière *confiance* fut accordée à
ces Etrangers; dès ce moment la reſtriction de
ne pas approcher de la ville fut levée; il leur
fut permis d'y entrer, & de ſe lier avec les habitans.   Bacon auroit-il pu mettre *en action*
d'une manière plus frappante, l'effet *ſocial*
d'une *Religion poſitive?*

Ce Philoſophe ne pouvoit non plus manifeſter enſuite d'une manière plus préciſe, plus
libre, & à l'abri de toute poſſibilité de lui ſuppoſer de la *ſimulation*, combien fortement il
étoit convaincu, que les hommes ne ſeroient
jamais arrivés à aucune connoiſſance de Dieu,
de ſa *nature* & de ſa *volonté*, s'il ne ſe fût *révélé*
à eux, en faiſant intervenir la *Nature*, qui

H 2

frappe leurs fens, pour leur attefter fon exiftence, & qu'ils recevoient des inftructions de fa part; c'eft-à-dire, par des *Miracles*. Quelle occafion plus favorable qu'une Allégorie utopique, pouvoit fe préfenter à BACON, pour inftruire, fans qu'on pût le lui reprocher, un Peuple pénétré de la *Morale chrétienne*, fans autre fecours que la fimplicité de fes défirs; & de faire naître ainfi cette *Morale* de la nature même de l'Homme? Or, comme s'il eût prévu encore, qu'on lui attribueroit cette idée, il fait fuivre à l'établiffement du *Chriftianisme* dans fon *Ile* idéale, la même marche qu'il a fuivie dans le monde réel.

Par quelque événement fingulier, les habitans de cette Ile fe trouvoient être de la race des *Hébreux*. Ce *Roi* révéré dans l'Ile, comme en ayant été le *Légiflateur*, vivoit deux-cents ans avant la venue de Jéfus-Chrift; c'eft à lui que BACON attribue la fondation de l'*Inftitut fcientifique*, dans lequel, comme dit le Commentateur, il *met en action* les *Préceptes* de *Phyfique*; il s'agit donc d'en confidérer l'exécution. Le premier de ces *Préceptes*, qu'on trouve dans le cours de tous fes Ouvrages, réfulte de la confidération fuivante: Convaincu de la *Révélation*, il part toujours du 1. Chap.

de la Genèse, en conféquence duquel il fait une diftinction formelle entre l'*Acte* de la *Création* de la *Matière*, & l'*arrangement* de celle-ci : il regarde le premier comme abfolument au-deffus de l'intelligence humaine ; mais quant au dernier, que d'après ce Chapitre, il nomme l'*Oeuvre des fix jours*, il le confidère comme pouvant être l'objet de l'étude des hommes. Voilà, dis-je, ce qu'on trouve en nombre d'endroits de fes Ouvrages, pour déterminer d'entrée l'objet des recherches fur la *Nature.* Or dans la fiction de l'*Inftitut fcientifique* de ce Roi *hébreu*, il le lui fait nommer *de l'Oeuvre des fix jours*, ou *Maifon de Salomon*. Je ne parlerai pas ici des fonctions des divers Membres de cet Inftitut, auxquels Bacon diftribue les diverfes parties des recherches qui peuvent conduire les hommes à l'*Interprétation de la Nature ;* parce que c'eft-là un des objets de l'Ouvrage dont j'ai parlé. Mais ce qu'on peut remarquer dès à préfent, c'eft qu'il faut fuppofer les hommes bien imbécilles, pour efpérer de les tromper (même en fupprimant les Ouvrages où il en traite *ex profeffo*) fur l'idée qu'avoit ce grand homme de l'*Hiftoire facrée* quant aux premiers âges du monde ; pour la lui faire traiter, dis-je, de *Mythologie* dans le *Mo-*

nologue qu'on lui a prêté; tandis que dans cette *Allégorie*, où rien, que fa propre conviction, ne pouvoit l'induire à parler de l'*Oeuvre des fix jours*, il met comme fur un piédeftal, cette expreffion abrégée du 1. Chapitre de la GENÈSE; pour que les Philofophes n'oubliaffent jamais, que lans cette *Révélation* de Dieu aux hommes fur la *Création*, la Nature auroit toujours été pour eux une énigme indéchiffrable.

C'eft ainfi encore, que BACON difpofe les habitans de fon Ile idéale, à recevoir le *Chriftianisme* de la même manière que les *Juifs* l'ont reçu dans le monde réel; c'eft-à-dire, comme étant l'accompliffement des *Prophéties* de l'ancienne Alliance. Et de même auffi que l'établiffement réel du *Chriftianisme* fut accompagné de *Miracles*, il le fait annoncer *miraculeufement* dans l'*Ile*, peu de temps après cette époque. L'hiftoire en eft racontée par le *Prêtre*; elle exprime la *perfuafion* qui fut produite dans la Génération d'alors, par l'accompliffement des *Prophéties*, & par le *Miracle* actuel; perfuafion *transmife* de père en fils dans la Nature: ce qui eft le feul moyen de conftater les chofes paffées, quand il eft queftion de ce qui eft arrivé parmi les hommes, à moins de perpétuels *Miracles*. BACON fuppofe cependant,

que quelques familles de l'Ile demeurèrent *juives;* & il le fait pour donner un modèle aux *Juifs* mêlés parmi les *Chrétiens.* Ceux-là, fidèles à leur Foi, en fuivoient exactement la *Morale:* trompés par une fauffe interprétation de leurs *Prophéties,* ils ne confidéroient pas Jéfus-Chrift comme le *Meffie promis;* mais ils le regardoient comme un Prophète *grand en oeuvres, né d'une Vierge,* & comme le précurfeur du *Meffie* défigné fous le nom d'*Elie (Elia Meffiae)* dans l'ancien Teftament: ils aimoient les Chrétiens & en étoient aimés, & fe conduifoient en fujets fidèles. Quant au *Chriftianisme* ainfi annoncé dans l'Ile, il fuffit de dire, qu'il eft le même que BACON profeffe dans fa *Confeffion de Foi.*

Tout ce que les Etrangers obfervent des ufages & des moeurs des habitans de l'Ile, fournit des traits précis & caractériftiques des effets que produit fur eux cette *Religion:* effets qui s'étendent du *Monarque* à toutes les claffes d'individus. C'eft d'après une connoiffance réfléchie des déréglemens qui régnoient encore dans le Monde, malgré la venue de Notre-Sauveur, que ce Peuple avoit pris depuis long-temps la réfolution de fe faire oublier des autres Nations, fans néanmoins ceffer de les vifiter: ce qui s'exécutoit fous la direction de la *Maifon de Salomon*, qui, chaque feconde année, faifoit partir deux Vaiffeaux deftinés tour-à-tour pour diverfes parties du globe, & qui navigeoient fous des noms empruntés. Les Etrangers témoignèrent leur furprife de ce que rien n'avoit décélé cette terre; furtout, de ce que d'autres accidens femblables au leur, n'en avoient pas répandu la connoiffance. La folution de cette dernière difficulté eft un nouveau trait bien remarquable. De tous les Vaiffeaux que le hafard avoit amenés à cette Ile, aucun n'en étoit reparti: leurs Equipages, après avoir obfervé le bonheur réel qu'y répandoit le vrai refpect pour la *Foi chrétienne* & la pratique de fes *lois*, avoient demandé d'en être reçus habitans; ce qu'on leur avoit accordé fous certaines conditions: & les annales de l'Ile ne faifoient mention que de treize individus, qui, en différens temps, avoient defiré de retourner dans leur patrie: on le leur avoit accordé fous leur engagement de ne rien révéler relativement à l'Ile, & les vaiffeaux de la Nation les avoient transportés fur leurs côtes.

Qu'entreprendra l'*Interprète*, pour faire disparoître tous ces *traits*?

Mais (pourra - t - on penſer), il faut au moins que quelque choſe de diſtinctif dans le *Culte* de ce Peuple, l'aſſimile aux *cérémonies & fêtes* du *paganisme des Grecs.* Car comment ſuppoſer à l'*Interprète* aſſez peu d'eſprit, pour donner de ces *fêtes* une deſcription ſi particulariſée, dont pourtant on ne devroit rien trouver dans l'Original quand il paroîtra? Le fait eſt, qu'il y a *tout* ce qu'il *dit*, mais *rien* qui ait le moindre rapport à ſon *but.*

Ce fabricateur d'artifices eſt ſans doute du nombre de ceux qui avoient projeté à Paris le *Culte théophilanthropique,* pour l'élever ſur les ruines des *Autels:* Culte qui, malgré tous les efforts de quelques ſoi-diſans Philoſophes, & du Gouvernement d'alors, tomba bientôt par le mépris de la Nation. On vouloit ſans doute tâcher de ſoutenir ou de relever cette farce, en faiſant accroire que Bacon, ce Philoſophe ſi univerſellement révéré, en avoit déjà inſpiré l'idée. Mais ici ſe manifeſtera encore l'étonnante eſpérance, qu'avec le *Flambeau* mis *à l'entrée de la route,* les lecteurs ſeront aſſez benins, ou benêts, pour n'y voir que ce que l'Interprète leur a dit qu'ils doivent y voir. La deſcription qu'il emprunte de la *Nouvelle Atlantide,* eſt celle d'une *Fête de famille,* à laquelle

H 5

les Etrangers affistèrent, & dont voici l'occa-
tion dans les termes de l'original: » Elle eft
» donnée, fuivant la *loi du Royaume*, aux
» frais publics, en l'honneur de tout homme,
» qui a affez vécu pour avoir *trente* defcendans
» de lui-même, vivans enfemble, & dont le
» plus jeune ait paffé trois ans. « Cet homme
eft décoré du nom de *Tirfanus*, & voici quelques détails de la fête.

Elle fe fait fous la préfidence des Magiftrats
du lieu, en vertu d'une Patente, fcellée d'un
Sceau d'or avec l'*effigie du Roi*, & adreffée par
le Monarque au *Tirfanus*. Un *Héraut* ouvre la
Fête: il entre dans une falle très-vafte, appu-
yé fur deux jeunes hommes. Ici fe trouve une
defcription de *vétemens*, *attributs*, *mouvemens*,
ainfi que des *types* & *emblèmes* de l'objet: l'un
des jeunes hommes tient en fa main la *Patente*,
& l'autre porte ce qu'il plaît à l'Interprète du
nommer un *préfent de la Nature* dans une *cérémonie religieufe*, favoir, une *grappe de raifin* en
or; mais c'eft un préfent du *Roi* à la famille du
Tirfanus; les *grains d'or* devant être diftribués
par lui à fes defcendans, comme *marque d'honneur.*

Les cérémonies de cette Fête commencent
par la remife folennelle que fait le *Héraut* au

Tirſanus de la *Patente* du *Roi :* l'aſſemblée est debout, & au moment que le *Tirſanus* reçoit la *Patente*, tous les aſſiſtans s'écrient : *Qu'heureux eſt le Peuple Benſale !* C'eſt le nom, & le cri de joie d'un Peuple qui, depuis plus de *dix-neuf ſiècles*, a vécu ſans interruption *sous une Monarchie.*

Un feſtin ſuccède ; il ne dure que demi-heure, & vers ſa fin on chante des *Hymnes :* " Les ſujets, diverſement traités par leurs Poë- " tes, ſont néanmoins toujours à la louange, " d'Adam & de Noé, comme premiers Pères *des* " *deux races des hommes,* & d'Abraham, comme " Père *des fidèles ;* & le repas ſe termine, par " *des Actions de grâce* ſur *la Venue au Monde de* " *Notre-Sauveur, pour la bénédiction de tout le* " *Genre-humain.* " Voilà ce Philoſophe qui devoit aller chercher des allégories *dans le paganisme des Grecs !*

Alors le *Tirſanus* fait la cérémonie de déli-vrer ſucceſſivement à ſes enfans les *grains d'or,* qui ſont différemment émaillés ſuivant le Sexe. Celui ou celle qui s'approche pour le recevoir, s'agenouille, & le *Tirſanus,* mettant une main ſur ſa tête, prononce ces paroles : " Fils (ou " Fille) *Benſale,* ton Père dit : Celui par qui

„ tu as refpiration de vie *a parlé :* que les béné-
„ dictions du *Père éternel,* du *Prince de la Paix*
„ & de la *Sainte Colombe* defcendent fur toi, &
„ rendent bons & heureux *les jours de ton péle-*
„ *rinage!* « Ainfi l'homme à qui l'on prête le
deffein d'effacer les *Myftères* du Chriftianisme,
les introduit avec appareil, & avec tout le ton
du fentiment, dans une Cérémonie *civile !*

Le *Tirfanus* a le droit de défigner un, ou
deux de fes fils, comme dignes de diftinction
de la part du *Roi.* Voici encore qui eft trans-
formé par l'*Interprète* en *préfent de la Nature,*
offert dans un *Culte :* c'eft une guirlande com-
pofée d'*épis de blé,* faite en or, & donnée par
le *Roi* à ces Fils diftingués du *Tirfanus,* qui
auront le droit de la porter à leur bonnet dans
toutes les occafions folennelles; ce qui eft un
emblème d'inftitution d'*Ordres royaux.* Et en
général; la *loi du Royaume* détermine les im-
munités & priviléges accordés à tout *Tirfanus ;*
mais il eft au pouvoir du *Roi* d'y ajouter tel
avantage ou *marque de diftinction* pour lui & fa
famille, que lui dictent les circonftances, de
rang ou de mérite perfonnel.

Avant la cérémonie dans laquelle le *Tirfa-*
nus délivre la *guirlande* à un ou deux de fes Fils,

il fe retire un moment, pour fes *prières & ac-tions de grâces à Dieu.* Quand il retourne dans la Salle, fon Fils, (ou chacun des deux fépa-rément) fe préfente devant lui, reftant debout; il ne lui met la main que fur l'épaule, & lui dé-livrant la *guirlande* de l'autre main, il prononce ces mots à haute voix : " Mon Fils! il eft " heureux pour toi d'être né : rends grâces à " Dieu, & *perfévère jusqu'à la fin !* "

La folennité de la Cérémonie eft alors ter-minée; & elle eft fuivie de beaucoup de *geftes* & de *mouvemens* des *perfonnages;* car ils vont *danfer,* ou fe livrer à divers jeux en ufage dans le pays, fuivant leur âge & leur goût. Voilà donc une Fête *égayée à la manière des Grecs;* mais appartient-elle au *Culte chrétien?* Le but de l'*Interprète* perce trop ici, pour ne pas exci-ter, avec le dédain qu'avoit infpiré le *Culte* qu'il voudroit fans doute ramener, le fentiment que doit produire l'artifice par lequel il a ofé lui donner BACON pour Inftituteur.

Tout ce que peut faire un honnête-hom-me, qui voit des tentatives pour entraîner fes femblables dans des erreurs dangereufes, c'eft de travailler fans relâche à les dévoiler, de n'en attendre d'autre récompenfe que celle que demandoit le *Prêtre* de la *Nouvelle Atlantide*, & de chercher comme lui, à s'aſſurer ſurtout celle de ſa Conſcience.

Fin.

P. S. Les lettres adreſſées à M. le *Prevôt* TELLER que j'avois annoncées à la p. 128 de mes *Lettres ſur l'Education religieuſe de l'Enfance*, ont été retardées par cet Ouvrage, & ſurtout par celui que j'annonce dans ſon Introduction; mais elles ſont prétes à aller ſous preſſe.